丁友成 著

新时代

我们踔厉前行

XINSHIDAI
WoMenChuoLiQianxing

中国文史出版社

图书在版编目（CIP）数据

新时代，我们踔厉前行 / 丁友成著 . -- 北京：中

国文史出版社 , 2023.10

ISBN 978-7-5205-4365-1

Ⅰ . ①新… Ⅱ . ①丁… Ⅲ . ①报告文学－中国－当代

Ⅳ . ① I25

中国国家版本馆 CIP 数据核字 (2023) 第 190365 号

责任编辑：梁　洁
装帧设计：向加明

出版发行：中国文史出版社
社　　址：北京市海淀区西八里庄路 69 号　邮编：100142
电　　话：010-81136606　81136602　81136603（发行部）
传　　真：010-81136677　81136655
印　　装：廊坊市海涛印刷有限公司
经　　销：全国新华书店
开　　本：16
印　　张：17
字　　数：200 千字
版　　次：2025 年 1 月北京第 1 版
印　　次：2025 年 1 月第 1 次印刷
定　　价：69.00 元

让生命盛开鲜花（自序）

在生活的原野上，只要细心观察和体验，就一定能采撷到五彩缤纷的、一朵又一朵、一束又一束耀眼的花卉，并能编织成一个美丽的花环。

过去，穷乡僻壤，到处是浓郁的烟火气息，足以表明一段旧时光里的喜怒哀乐，还有那些曾消融在大山的褶皱里又被渐渐唤醒的寂寞往事。如今，被春风吹拂过的乡村，到处是有温度的芳菲大地，到处是充满春色的、充满泥土芳香的田园风光。目睹此景，怎能不令人陶醉、欣然动笔？

一个人的生命是有限的，如何把有限的生命投入无限的，服务大众的劳动中去，使之产生生命的价值和意义？像花朵一样，在阳光雨露沐浴下盛开，在暴风中彰显自己的风骨；在平平凡凡的岗位上，创造出不平凡的引人注目的奇迹，这些问题，仁者见仁，智者见智。不同的人有着不同的理解及诠释。

作家们知道，写好报告文学的第一要义，是深入生活、深入历史和现实的现场，掌握创作的第一手材料。从而提炼出具有时代精神意义的主题。只有这样，才能客观而真实地、叙事而艺术地反映当下火热生活中的人物和事件。我的这部报告文学集《新时代，我们踔厉前行》，就是在上述思想观点的引领下写出来的。虽谈不上是精品力作，但至少是我呕心沥血孵化出的一个"婴儿"。

或许是，正直和善良，铸就了我一生做人做事的品格，只要鲜活的生命存在于美好的人间，就要做点既温暖自己，又温暖别人的事。或许是，在生命的长河里，入仕之后，在四十多载的职业生涯中，几乎一半的光阴，在从事码字匠的工作，是初心、职责和使命，使我坚持用勤劳、智慧和力量，做一个时代的歌者。也或许是，因祖国的辽阔大地，在一阵又一阵和煦春风的吹拂下，处处洋溢着蓬勃生机与活力。因此，我不能缺席，每次深入城乡探访，亲眼见到亮丽的风景，就总想把所见所闻，真实地记录下来。然后，经过梳理，加工润饰，用报告文学的形式，再把它客观而真实地描绘出来，让更多人去领悟现实，感悟生命里那一曲曲扣人心弦的交响乐章，从而，释放自己的家国情怀。进而，为这个美好的时代，贡献自己的一分力量。

本书中绝大多数篇目，是写祖国各行各业普通人，在新时代，向上向善向美的花絮，意在尽情讴歌他们身上闪烁时代耀眼的光芒，进而传递正能量；意在通过这些作品，呼唤人性的善良与率真，去反省、去触动生命的价值，切实让宝贵的生命，盛开出绚丽的鲜花。我想，这就是一个人民作家的责任与使命担当。但愿这个小册子，像一盏小小的灯，发出的光，能照亮勇毅前行人的路。

目 录

第三辑

后　记

第一辑

倾情"羊肚菌"

一个人的青春，只有一次。能否在有限的春光里，实现自己的梦想，每个年轻人的想法是不一样的。当然，要想在平凡的人生中做出一番不平凡的、令人钦佩的业绩，就需要有过人的胆识和超强的能力。只有不断地奋斗、再奋斗，才能掘出一片既属于自己，也属于别人的灿烂。

——题记

一

阳春三月，美丽山城，天空晴朗，大地如茵，百花盛开。

3月20日，我应邀参加了市散文学会组织的以助力"乡村振兴"为主题的深入山乡采风活动，意在探访农村三年扶贫攻坚，乡亲们脱贫致富过上小康生活之后，在此基础上如何在乡村振兴道路上阔步前进。

上午10时许，在刘建春会长的率领下，我们一行驱车先到涪陵区马武镇"古今花海"徜徉了一圈，领略和欣赏了这里与别处不一样的风景。下午，在该镇党委宣传委员李瑜琼的陪同下，我们走进了涪陵区文观村重庆驰邦生态农业有限公司。此行的目的，是深度采访和发掘"海归"吴小敏带领村民们倾情种植"羊肚菌"的事迹。

重庆涪陵，位于长江、乌江交汇处，因乌江（古称涪水）、巴国王陵多在此而得名。马武镇在涪陵东南部，镇名是以东汉末年农民起义英雄、大将军马武命名的。这里历史悠久，文化底蕴厚重，土地肥沃，人杰地灵，世世代代英雄豪杰辈出，当年的英雄之气、红色血脉，不朽的精神，迄今仍在一代又一代地传承。吴小敏即是传承者之一。

吴小敏，三十五六岁，中等个头，齐肩短发，一张高原红的脸上洋溢着青春的蓬勃朝气与活力。她上身穿着一件黑红相间的运动衫，下着一条浅蓝色牛仔裤，脚穿一双运动鞋。那一双如黑宝石般明亮的大眼睛显得特别睿智有神。她性格开朗，落落大方，十分健谈。她笑容可掬，大大咧咧地叙述她的故事，不失沉稳及谦逊。明眼人一看，就知道这是一位有知识、有文化、有实践经验的新型农民企业家。这就是该公司总经理吴小敏给我的第一印象。

斯时，有人吴总、吴总地叫着，她觉得不舒服，便打趣道："你们就叫我小吴或小敏或阿敏吧！什么老总呀老板呀，听起来怪别扭的，主要是不习惯，我不过就是一个农村妹子。当地村民都亲切地唤我'儿麻婆'，这是当地土语，意思是说我有儿娃子耿直豪爽的性格，做人行事从不拖泥带水。我喜欢这个称谓，听起来没有距离感。"

在吴小敏口齿伶俐、绘声绘色的谈话中，我深深地感觉到，她的国外求学，她的返乡创业，着实经历了常人难以想象的坎坷、痛苦和磨难。从她清澈的眼眸里，我也或多或少地察觉到，正是因为她极不平凡的人生经历，才铸就了她今天的不同凡响。用她的话说："只要一个人有志向、有梦想、有决心、有毅力，脚踏实地，就一定会有收获，搞出点名堂来。"

精彩的故事总有开篇，曲折的经历总有头序，我们还是从吴小敏的童年说起吧！

二

一个人的家庭出身，自己没法选择，但后来的人生之路却可以有多种选择。吴小敏的成长经历，很好地证明了这一点。

1986 年 4 月的一个凌晨 3 点，一个女婴降生在文观村，其父母都是地地道道、面朝黄土背朝天的农民，给她取名叫"小敏"，或许是希望她从小对一切事物反应敏锐和聪慧吧！不管怎么说，她的呱呱落地就意味着一个贫困家庭又添了一张要吃要喝的嘴。

20 世纪 90 年代中期，改革开放的中国，工作重心已转移到经济建设上来。政府提倡，让一部分人先富起来。然而，大山深处，村民们的生活仍然面临行路难、就医难、上学难等问题。小时候，父亲对吴小敏说得最多的一句话就是："好好读书，腰杆子硬了，长本事了，将来干啥都行。知识能改变命运，否则，就等着吃苦熬日子吧！"吴小敏对此番语重心长的话似懂非懂。那时的绿水青山，无论从哪个角度看，都是荒凉的、贫瘠的、毫无生机的。一年辛辛苦苦劳作下来，仍吃不饱穿不暖。

有一年春节过后，年仅15岁的吴小敏听说，一个远房亲戚张明霞姐姐，两口子在新加坡做生意，挣到不少钱。便哭着闹着要跟明霞姐到国外去，边读书边打工，去讨生活，寻找活路。吴小敏说："我清清楚楚地记得，当年我家生活很艰辛，很贫困，一过完年，家里就没有米吃了。一日三餐，每顿充饥主要靠洋芋、红苕和蔬菜玉米粥。与其艰难度日，倒不如出去闯一闯，兴许会改变现状，改变命运呢！中国有句老话不是说，树挪死，人挪活嘛！我就不信，靠着自己一双勤劳的手，一个大活人，会被尿憋死不成！"

但是，吴小敏的父母说什么都不同意。一个十五六岁的农村小丫头，背井离乡，到人生地不熟的国外去打工，不是去广东、深圳、上海，而是去新加坡，万一遇到坏人怎么办？好在明霞姐再三给吴小敏父母做耐心细致的思想工作："既然小敏有这个意愿和志向，就让她跟我们去吧！我眼下正缺一个帮手。"

于是，吴小敏以转学的方式，去了陌生的新加坡。记得临启程那天早晨，慈母胡自碧抚摸着她的头，再三叮嘱道："小敏呀，你小小年纪，出门在外，一定要多听你明霞姐的话，不准淘气，不要让我们操心噢。"严父吴庆禄也说："外面的世界很精彩，但也错综复杂，你要处处倍加小心！千万不能干违法乱纪和有丧吴家门风的事。"吴小敏说："爸爸妈妈，我是你们的宝贝女儿，请你们一百个放心，一千个一万个放心，我会把握做人的分寸和底线的。"当时，比她大八岁的亲姐姐吴小红，也舍不得妹妹走，紧紧拉着她的手说："小敏，我的乖妹妹，出门在外，一定要多长个心眼，我听说，外国的花花世界，要比中国复杂得多。""姐姐，你放心，我会倍加注意的。"吴小敏说。

张明霞姐姐小两口在新加坡打拼多年，赚了不少钱，就自立门户，开了一家规模不小的装饰公司。主营业务是制窗帘、搞家装、安装防盗门、防盗网等，整天忙得不可开交。吴小敏到新加坡后，就吃住在明霞姐家里，一边读书，一边在明霞姐的公司打工。聪明懂事的小敏，在读初中和高中期间，除寒暑假全身心地帮助明霞姐工作外，平常上学期间，每天下午3点钟放学后，她不知疲倦地走街串巷，分发传单，张贴家装广告。

一天晚上，吴小敏很晚都没有回来，张明霞担心她出事，满大街找人。后来才发现，当天下午，发完传单后，她跟同学去附近的小餐馆聚会去了。回到家里，张明霞不无责备地说："小敏子，以后碰上这种情况，你最好事先支吾一声，免得让我和你姐夫担心。再说，我是向你父母保证过的，不能让你在外面出任何事、受任何委屈。你在外面，万一有个三长两短，我怎么向你父母交代啊！新加坡可不像咱们深山里的文观村，在村里，你就是跑到山上去了，也能把你找回来！"吴小敏傻眼了，眨了眨眼睛，十分内疚地认错道："姐姐，我下次不敢了。"

新加坡当时被称为"亚洲四小龙"之一。它面积不大，人口不多，但是，它拥有全球创新的教育系统，如新加坡国立大学、南洋理工大学等。吴小敏在这个国家打工，真是长见识啊！

日复一日，年复一年，光阴就这么过着。最初，吴小敏每月可收入相当于人民币五千元的新币。除了学杂费，她还剩下了不少钱。这些钱一部分寄给家里，缓解父母的生活压力；一部分她自己储存起来，准备将来自主创业。

每逢节假日，吴小敏就思念家乡，思念父母。每每这时，她总要趁着皓月当空的夜晚，朝着北方默默祈祷，希望二老身体健康，天天开心，万事如意，不让他们为自己担惊受怕。她时常写信或打电话对父母道："女儿已渐渐长大了，请不要为我过分地操心。我知道哪些事该做，哪些事情不能做。我在外面学习、工作，一切安好！"吴小敏知道，没有父母的养育之恩，就不可能有自己现在的生活，更不可能有人生的光明未来。

高中毕业，吴小敏品学兼优，考进了迪拜的一所大学，攻读金融专业。大学期间，她仍然是边读书边打工——主要从事家教。在做家庭教师时，吴小敏为人师表，是一个非常有爱心的人，她深知学生家长对孩子学习文化、茁壮成长的渴望，尽可能把自己储备的知识传授给孩子们。

大学毕业后，吴小敏放弃了继续读研究生深造的机会。在她看来，学到的书本知识，关键在于实践和运用。再说，穷怕了，太想挣钱了。于是，在张明霞和一些好心人的帮助下，她很快在一家公司应聘到一份导游的差事，吴小敏表现不俗，业绩显赫。后来，她又谋到了一份办理出国旅游签证的职业，每月薪水不低。吴小敏说:"要不是有明霞姐真心诚意、无微不至的关心和帮衬,我的人生之路,不会平坦,不会一帆风顺的。"她还说,明霞姐对她最大的影响,是思路、思维和人生观念的影响。一个人要想做点事,不怕做不到,就怕想不到。只要执着、坚韧、大胆去闯去试,就一定会有成效。要不然,也不会有后来执迷、倾情、着魔于种植"羊肚菌"的行动。

一句话,在国外的学习、工作、生活中,吴小敏没有沉迷于灯红酒绿的花花世界,而是专心于读书、打工挣钱,致力于历练自己的人生技艺。众所周知,当年的新加坡经济快速发展,到处都充满金钱的诱惑,要想一尘不染,需要非常大的定力。吴小敏做到了,而且做得很好。

时光荏苒,一晃眼,十多个风雨春秋过去了。吴小敏通过自己的勤劳和智慧,挣到了足够多的钱,在国外买了车买了房,并在美国和加拿大获有居住权。她打算把辛苦大半辈子的父母接到国外,享享清福,过过舒心舒坦的日子。可是,一桩意外的事件发生了,使吴小敏不得不做出新的人生选择。

三

苦乐人生,苦乐年华。

人生从来没有一条笔直而平坦的大道,从来都是充满坎坷和泥泞。快乐时不得意忘形,经历磨难和痛苦时,也决不能一蹶不振。不向命运低头,就会点燃新的人生、新的希望。挫折,是人生一位最好的教授,它教会人逐步走向成熟和成功。

吴小敏对这一点确信无疑。她深知,在这个世界上,没有一个人能随随便便成功,只有风雨之后,才能见到彩虹!不经历磨难,就不会知道甘甜从何而来。

就在吴小敏即将把父母接到加拿大定居生活时,家乡传来不幸的消息,父亲患了肺癌,且已是晚期。那一刻,她像遭遇了晴天霹雳。她是个孝顺女儿,她不可能为图个人安逸的生活,而不顾及父母的感受。因此,她毅然决定返回家乡,一边创业,一边照料老父。也就是说,她不得不放弃原有的计划,重新选择返乡自主创业。

文观村,是吴小敏的家乡,是她的根脉,她十分热爱和眷恋这片生于斯长于斯的沃土。俗话说:"金窝银窝,不如自己的草窝。"儿女嫌母丑,恋从何来?

2017年,吴小敏衣锦还乡。她带回的是世界的流行色,带回的是一股清新创业的风,带回的是大胆的创新思路和观念。

返乡创业,能干点什么,选择什么项目好呢?当时,吴小敏的家乡,跟全国各地贫困农村一样,扶贫攻坚战斗已经打响。经过市场调查,说养牛蛙很赚钱。于是,她就租了几亩水田,引进牛蛙,开始养蛙。尽管自己没有经验,但还是找合作伙伴,紧锣密鼓、如火如荼地干了起来。世事无常,令吴小敏猝不及防的是,一只又一只肥头大耳、卖相很好的牛蛙,即将走向市场的时候,一场突如其来的瘟疫席卷中华大地,直接影响牛蛙的销售。市场不响应,上级明令禁止卖牛蛙,她眼睁睁地看着一只只活蹦乱跳的牛蛙白白地死去,当时,她心痛极了。这一次创业，她亏损达百万元。好在当地政府给她补贴了几万元，得到了些许心理安慰。

世上有这样一种人：你啥事不干，他说你无能；你干事成功了，他可以分享你成功的喜悦和快乐。当然也不乏得"红眼病"的人，羡慕、嫉妒、恨。当你创业失败了，他会嚼舌根，看你的笑话，甚至嘲讽你的异想天开。吴小敏返乡初次创业失败，就遇到了个别人的冷嘲热讽，说她是个黄毛丫头，一个在国外闯荡了多年的野姑娘、疯姑娘，居然坐磨子——想转了。结果怎么样呢，还不是竹篮打水一场空。还说，创业是男人们的事，一个大姑娘家，跑来凑什么热闹？瞎掺和什么呀！

那段时间，吴小敏的创业热情由沸点一下子降到了冰点。苦恼、徘徊、迷惘，就像一块沉重的巨石压在心上。一次性亏损上百万，对一般老百姓来说这是个天文数字，天都要垮下来。对吴小敏来说，也是个不小的经济损失，但她没有被困难所吓倒！

俗话说，做人难，做女人更难，要做一个杰出的女能人女强人，那更是难上加难。要想成就一番事业，要想成为女性中的佼佼者，就必须有常人所不及的胆识、勇气和智慧。吴小敏暗暗下决心："不铆足劲干出一番事业，我誓不为人！"

第一次创业失败后，镇领导、村支书并没有对她另眼相待，而是及时找她谈话，鼓励她选准突破口，继续创业。郁闷了好一阵子的吴小敏，也终于想通了：要想在大海中学会游泳，被呛进几口海水很正常。她信心满满地对他们说："请领导们放心，我在哪里跌倒，一定会从哪里爬起来的。失败是成功之母。我就不信，自己不会成功！"领导们道："嗯，这就对了嘛，创业的道路有千条万条，指不定哪一天，就能寻找到一条光明的致富道路。"

与此同时，村主任和村支书还给吴小敏讲了当下市、区、镇一系列惠民政策，这对她启发很大，帮助她拓展了思维的空间。在具体的实践操作中，副镇长张毅经常深入农场检查指导，并帮助解决实际困难。张毅还说："眼下返乡创业的年轻人不多，你是典型代表，要多多动员在外打工的年轻人回来，跟着你一块儿创业，争取使乡村变得更美。万事开头难，镇上和村民们是你的坚强后盾。"一席话，温暖着吴小敏的心窝，使她又有了新的想法。

心结打开了，郁闷消除了，自然动力也有了。

经过一段时间的思考后，吴小敏忽然想到了一件事，那是当年在加拿大一个农庄观摩时，有上千种的菌类展示。有一个名叫"羊肚菌"的品种，她情有独钟，当时喃喃自语："如果将来有一天回到家乡，自己可不可以试种一下呢？"她粗略知晓，这种菌营养丰富，抗病毒，能提高和增强人体的免疫力，最适合中老年人食用，且有润肤美容之功效。现在老百姓不愁衣食住行了，就特别讲究身体健康，对营养的渴望十分强烈。再说，文观村处于浅丘地貌，土质适合种植羊肚菌。只要气温在 3℃—18℃之间，就能使羊肚菌蓬勃生长。

想法一经确定，说干就干。性格倔强、不服输的吴小敏，为了证实自己的想法是否科学、有效、可操作，马不停蹄去了市内外好几家农科院校和农科所，去请教、去拜师学艺、去"三顾茅庐"。最后，四川农科院专家学者们实地勘察和细致考证，认为她的想法很有创意，也符合当地土壤的实际情况。经过再三磋商，吴小敏与该农科院达成了合作意向。

在这个世界上，从来就没有一蹴而就的事情，凡事都有个循序渐进的过程。如租赁流转土地的问题，资金投入问题，打造团队的问题，等等。万事开头难，一大摊子的烦琐事务，需要吴小敏一件又一件地去落实、去恰当处理。她先是利用国外打工存下的一部分积蓄，一次性租下不少田地和森林。紧接着，与各高校农业专家合作，建立了由七人组成的科技研发团队。然后，又动员了十多个在外打工的打工仔打工妹，返乡跟自己一起创业，为建设社会主义新农村、为建造自己美丽的家园而不懈奋斗。这第二次创业，为了慎重起见，吴小敏没有盲目投入资金，而是先用租来的十亩田地，以每亩四千五百元的羊肚菌菌种（含营养袋）做"实验田"。在实验成功后，逐步扩大经营种植面积。

那段时间，吴小敏的难处，真似《三国演义》中的关羽千里走单骑，明知前路有重重屏障，有深不可测的风险，需要过五关斩六将，但为了一个既定目标，为了一个执着的信念，她必须单枪匹马，孤军奋战，闯过一道道难关，最终迎来了灿烂的曙光。用她的话说，那段时间，忙得头昏脑涨，累得脚炝手软，腰酸背痛。

倾情精心种植"羊肚菌"的过程，就是心血和智慧付出的过程。每逢刮风下雨，或遇凝冻、下冰雹的极端天气，吴小敏就十分揪心，担心秧苗被吹倒，担心田间大面积积水，担心塑料大棚被风刮跑。每每这时，她总要跟下属一道去现场察看险情，发现问题，果断处置。她说，夏天不种羊肚菌，对气候无所谓，但羊肚菌怕冷，也特别小气，稍不注意，就会夭折。

有一天深夜，电闪雷鸣，狂风四起，大雨滂沱。吴小敏马上预感到，几十个大棚里刚种下的羊肚菌，有可能被大风大雨毁掉。于是，她当机立断，即刻给村上雇工们挨个打电话，叫他们立即赶到大棚抢险。当他们冒着狂风暴雨把已被刮坏的塑料大棚重新扎紧扎牢，把被风刮跑的塑料布重新更换时，已是凌晨5点多钟。她站在雨中，十分欣慰地说："幸亏我们抢救及时，否则，我们前几天才辛辛苦苦种下的大片菌种就将付之东流。"

吴小敏付出的心血没白费，她成功了。

据统计，2019年，种植10亩；2020年，种植50亩；2021年，种植170亩；2022年，种植500亩；2023年，又增加种植了350亩。与此同时，还种有特色水稻350亩，小麦150亩，油菜200亩（含玉米、大豆套种）。从这一串串翔实的、循序渐进的数据，足以看出吴小敏在生态农业上所下的功夫。为了精心培植羊肚菌，她就像呵护宝贝疙瘩一样，着实付出了不少代价和心血。用她的话说，一拨又一拨、一茬又一茬长势良好的羊肚菌，就是自己用心血抚养的一群又一群纯真可爱的孩子，当它们走进千家万户时，甫提心里有多高兴了！

她深知，只有科学开发，才能盘活现有土地，只有在土地上做文章，才能创造人间奇迹，才能把不可能变成可能。只有大面积精心培育和种植高附加值的特色农副产品，才能增产创收，才能焕发土地的新生，也才能让泥土充满醉人的芬芳。看到丰收的果实，吴小敏笑了，她笑得很甜很灿烂，宛若山里一朵艳丽的、光彩夺目的报春花。

据悉，目前吴小敏雇用的 37 名人员中，有一半以上是返乡创业的年轻人，其中有大中专生，有研究生，还有从日本归来的博士生。她深有感触地说："农民们要走上致富的道路，要从根本上实现农业现代化，如果没有掌握先进科学知识的新型农民，那就只能是一句空话。"

在谈到农耕机具时，吴小敏兴奋得如数家珍。她说："农民要尽量减少笨重的体力劳动，就必须依靠机械化操作。目前，我们农庄已有旋耕机、收割机、开沟机、播种机、插秧机以及洒农药的无人机等等。"她还兴致勃勃道："对这些机具设备，自己不敢说样样精通，知其性能，但我至少会操作。我想，作为一个牵头的农场主，或多或少要会一点，要不然管理起来难度就会增大。我喜欢每天在田间地头转悠，看到自己种下的农作物蓬勃生长，就好像它们在向我招手致意。"

功到自然成，梅花香自苦寒来。几年来，吴小敏用心血和智慧，换来了可观的经济效益，除去生产成本，2019 年，获利润 7 万元；2020 年，获利润 140 万元；2021 年，获利润 180

多万元；2022 年，获利润近 800 万元；2023 年，预计获利润将逾 1000 万元。

真可谓：一分耕耘，一分收获啊！

四

冰冻三尺非一日之寒。一个人的成功，除去有丰富的人生经历、阅历之外，还必须有执着的信念和大量勇于实践的日积月累。仅仅这些还不够，还必须有个人丰厚的文化底蕴做支撑。要不然，就很难在事业上取得丰硕的成果。有些成功带偶然性，但偶然的背后，一定有着文化理论做支撑。吴小敏告诉我，她从小就喜欢读书，用她老父亲的话说，知识能使人腰杆子硬起来，知识能开阔视野长本领，知识积淀的多少，能检验一个人命运的走向。

在与吴小敏的深层交流中，我发现她是一个酷爱学习的人。她说，在中国历史上，她最崇拜的人是周恩来总理，为人民鞠躬尽瘁。特别是他富有哲理的至理名言："人总是容易看到别人的短处，看到自己的长处。应该反过来，多看人家的长处，多看自己的短处。这样不仅能使自己进步，也能帮助别人进步。要想得到人家尊重，首先要尊重人家。一帆风顺是不能磨炼人的。"这样一来，吴小敏不仅大大提升了自己的人格人品，创新能力，而且提高了看待一切事的思想观念、思维能力、对事物前瞻性的判断和预测事物的发展趋势及规律。吴小敏还说："干一行，必须爱一行，钻一行。为了补充自己的知识结构，武装大脑思想，不断汲取书中营养，我除喜欢攻读种植业和养殖业的书籍外，平日里，还尤其喜欢翻阅《改造传统农业》《粮食战争》《读懂中国农业农村农民》《乡村振兴的九个维度》等好书。"正因为如此，她的创新、她的思想、她的爱心，才在其中生根、萌芽、吐蕾、开花、结果。

吃水不忘挖井人，致富不忘乡亲们。吴小敏如是说。

吴小敏说："自己是农民的女儿，更是一个干实事的人，我讨厌开空头支票的人。作为一个小小的农场主，凡事还是亲力亲为的好。"当个农场主，啥都不会，光说不练，就是个假把式。作为农业企业的领头雁，身体力行很重要，要不然，别人不会信你这包药，就会背地里骂娘，说不准，还会戳你的脊梁骨。前面提到过，如今吴小敏种植羊肚菌的规模一年比一年大，每年的产值、利润呈逐年上升趋势。通过电商平台等销售渠道，已打开多家高端市场，批发、零售两便。

据悉，目前吴小敏农庄基地种植的羊肚菌，不仅闯进了本市的农副产品高端市场，而且还远销北京、上海、广州等地。她说："重庆市场占总销量的 50% 左右。羊肚菌也分高、中、低三个档次，高档每斤 90 元人民币，最低端的产品，至少也要卖到 60 元一斤。同时，我们十分注重外包装和内包装。"眼下她的产品供不应求。她还说："近期有可能的话，我们还将把此产品打入国际市场。"

在说到带领乡亲们共同致富的话题时，吴小敏道："我是个农村姑娘，我的舞台、我的广阔天地在农村，我通过返乡创业，不懈奋斗了几年，也干出了一点点成绩。从主观上讲，自己付出了不少辛勤的劳动。而客观上讲，还是得到了当地党和政府、村干部及广大村民的鼎力相助。有一次，我灌溉大棚的自来水管突然爆裂，村上领导闻讯后，及时派人员修复。此事，我很感激。我没有三头六臂，活儿都是大家一起干的，要不然，也不会有好的收成。因此，我如今富裕了，总不能忘本、忘了初心吧！现在，我的劳务用工就是对乡亲们的最大感恩和回报。"此外，她还真心帮助村里七八户人家跟着她学种羊肚菌。她说，一花独放不是春，只有万紫千红，才能春满园。

平日里，吴小敏公司有近40名固定工人，农忙时，要请100多个临时工进行操作。在用工制度和劳动报酬上，从不亏待村民。有按月取酬的，有按计件每日清算的，也有根据农机手操作的技术等级发放工资的。这样一来，他们都乐意跟着她干。就眼下而言，据不完全统计，她已对村上的240多位村民提供过帮助。

吴小敏是个有爱心的人。每年的播种季节，她都要派员工到林地撒下一些菌种，供山民和城里到山村游玩的人自由捡摘。当时有人说："'儿麻婆'，如此珍贵的菌种，无价供游人享受，不是太可惜了吗？"她的回答是："我们家是在政府帮助下走上脱贫致富道路的，任何时候都不能忘了故土家乡的亲人。再说，现在国家要求，民族要复兴，乡村必振兴嘛！我舍弃点自己的利益，又算得了什么呢？"一个人的格局和站位高低，决定企业的生存和发展，如果没有长远一点的眼光，就是井底之蛙，鼠目寸光。有时，吴小敏在田间地头劳作，每每见到城里人到田园观光，她总要免费送些羊肚菌和地里刚摘的原生态、绿色新鲜蔬菜给他们。她说，一来体现我们农村人的淳朴、真诚、厚道；二来可以留下微信和电话，多发展一个客户。并通过他们口口相传，扩大经营范围。也就是说，西瓜要抓，芝麻也要捡，这样，才能使企业逐步做大市场"蛋糕"，以此，使农场走向兴旺发达。她深知，万丈高楼平地起，她也知道聚沙成塔的深刻道理。

为了进一步拓展农耕文化，大力发展文旅事业，目前，吴小敏已投入 280 多万元，打造一个占地 80 余亩的，融休闲、餐饮、娱乐于一炉的新型农庄，取名叫"小敏农场"。用她的话说，四楼一底，上下 25 个房间，无论是硬件和软件设施设备，都是按照四星级宾馆规格和标准改造的，目前已进入最后的扫尾工程，准备在 2023 年五一黄金周正式挂牌，对外营业，主要是为城里人到山村旅游提供便利。她说："现在城里人和乡下人都富裕了，偶尔游山玩水，在农场下榻，欣赏田园风光，是件很惬意、很开心的事，根本不存在消费不起的问题。"

笔者了解到，吴小敏创办的驰邦生态农业有限公司，前身叫吴家乐家庭农场。为啥更名，主要怕乡亲们说闲话，你吴家乐了，我们怎么办？所以改了名。

自 2018 年正式挂牌后，因该公司成效显著，2021 年被涪陵区人民政府授予"优秀农业企业"称号，涪陵区科普基地、长江师范学校实习科研基地。她本人不仅被马武镇选为人大代表、区政协委员，而且去年还被重庆市评为"巾帼建功立业标兵"。目前，上级正在为她申报"全国劳动模范"哩。

当我问她对获得荣誉有何感想时，她说："荣誉并不重要，重要的是，我要用自己的青春、智慧和力量，为文观村、为自己美丽的家乡，做点实实在在的，功德无量的事情。"当我又问她钱挣够了，打算如何支配时，她答："主要用于乡村文旅振兴建设，彻底改变落后的乡村面貌，是我最大的心愿。"

人，还是那些人；山，还是那座山；水，还是那片水。然而，在蓝天白云，在温暖春风的沐浴下，山乡变美了，文观村变漂亮了，人的精神面貌变前卫了。真可说是：山美，水美，人更美！

经我们了解，马武镇现有工业企业 16 家，店铺达 300 多个，规模种植 68 户，养殖业 74 户。吴小敏是其中的一户，而这一户，堪称大手笔，是"领头羊"，是她带领村民们走上了致富的康庄大道。

她的不俗表现，可以用五句话概括，即：希望，在春风中播种；美好，在春雨中滋长；快乐，在春意中发芽；甜蜜，在春光中明媚；心情，在春天里徜徉。谈及未来的发展前景，吴小敏信心十足，滔滔不绝，津津乐道：在接下来的规划中，驰邦生态农业将持续从科学种植、绿色生态、当地文化、培养技术人才等方面，聚集资源优势，持续发展，促进"一二三"产业融合。一是重点聚焦自动化农业生产作业、智能化农业过程管理（自动喷灌、自动打药）、数字化现代化农业园区的土壤气候环境监测、现代农业园区小气候的精准气象预测等几大功能模块，实现羊肚菌种植管理决策数据化、羊肚菌生产过程智能化、羊肚菌长势可视化、羊肚菌基地监测可视化。进而，打造出涪陵区当地有影响力的高标准羊肚菌精细化种植产业示范园区，更有力地带动当地更多农户加盟参与，实现公司、农户双赢发展。二是建设标准化食用菌研究室、食用菌分拣室、机器存放室、食用菌烘干室、高压灭菌室，以及食用菌信息展示室等，进一步加强食用菌（重点是羊肚菌）的农业技术推广、农业种植技术技能培训、农业技术交流合作等工作。三是增产增收的同时普及菌类知识，传播本土农耕文化，以种植羊肚菌为主导，开展采摘、观光、认领菜地、亲子体验生活等活动，让更多的人了解菌类的相关知识、了解文观村的今昔变化，大力发展休闲农业带动文旅观光、推广乡村特色，提高羊肚菌品牌的知名度，拓展更广阔的市场，从而增加社会效益和公司的经济效益……

谈及前瞻性思考，吴小敏娓娓道来。她说："趁着人年轻，多干点事业，等将来老了，也有一些芳菲的美好回忆，也不负大好的春光。"

五

男大当婚，女大当嫁。

采访临结束时，我冒昧地问了吴小敏一个问题："你要过男朋友吗？"她先是愣了一下，然后诚实地回答："要过，目前已告吹了。"我又问："为什么？""因为他不喜欢农村。"她说：

"爱情这东西很奇妙，也许是正确的时间没有遇到对的人吧！也或许是，缘分太浅，三观不合。"紧接着，她心直口快，毫不隐瞒地告诉我："按常理，我处第一个男朋友时，我在新加坡，我是旅游公司的职员，对象是一家大公司的白领，小伙子有文化有气质，长得也很帅气，每月薪水三万元左右，与我不差上下。初相识时，彼此有眼缘，感觉还不错。然而，处久了，双方的思想观念格格不入，不能同频，志趣爱好不在一个档次上，也许是审美疲劳吧！最开初，我认为，既然收入允许，女孩子喜欢梳妆打扮，买点价钱贵点的护肤品把自己最光鲜的一面展示在众人面前，是合情合理的事。可在他看来，却不以为然，认为太奢侈了。直到相恋以后，我才渐渐发现，他不想和我继续相爱的根本原因是，他是从农村出来打工的，但他不想又回到农村去创业，有种自卑心理，喜欢城市生活，这一点，是我俩分手的重要原因。"

是啊，要不然，人世间怎么会有那么多爱恨情仇的故事。

我问："那返乡这些年，你有相过亲吗？"吴小敏微笑着羞涩地答："媒婆介绍过几个，有的家庭经济条件还不差，人的长相也很好。可是，眼下为了种好羊肚菌，忙得不亦乐乎，整天跟打仗似的，根本没有时间和精力考虑个人问题。我想啊，婚姻这事，强求不来，一切顺其自然吧！或许某一天，苍天开眼，会让我遇到一个志同道合的人。我就不信，我是嫁不出去的大姑娘。"

话说到这儿，我发现她眼帘有些涨潮。她话锋一转，说她这辈子最对不起的人，是她的老父亲。吴小敏道："去年，父亲因癌症医治无效，去世了。当时，我哭得死去活来，心里想，如今太平盛世，生活这么好，他老人家应该好好活着啊！老实说，过去家里穷，为了全家的生计，为了我和姐姐的学习成长，他和母亲操碎了心。这次我返乡创业，父亲一直支持我，就是在我养牛蛙失败情绪处于低潮状态时，他都给我加油鼓劲。最大的遗憾，是我没有成家，父亲没抱上外孙，没享受到天伦之乐，可这也没办法呀！坦诚地说，我返乡创业，虽就在本村，住在家里，但每天起早贪黑，忙于工作，疏于对他老人家的照顾，陪他聊天的时间很少，充其量给他买点新衣服或营养品。我深知，自古忠孝难两全。老父的病故，不能不说，是个天大的遗憾啊……"

　　见吴小敏如此这般的动容悲伤，我安慰道："人生就是这样，不可能事事顺心如意。我想，只要你倾情把羊肚菌种好了，九泉下的父亲也会倍感欣慰的。"

　　"我会的。"吴小敏道。

　　最后，我衷心期望吴小敏的驰邦生态农业公司发展道路越走越宽广，经营业务越搞越红火，着实为文观村、为马武镇的乡村振兴事业，用心血谱写出更加壮丽而动人的新篇章。与此同时，我也由衷地希望她在收获羊肚菌的同时，也能收获属于自己的甜蜜爱情。

　　吴小敏，巾帼不让须眉的"儿麻婆"，我深深地祝福你！

后记

这次下乡，我们一行可谓是走马观花、蜻蜓点水，没有深入采访和挖掘到文学创作的深层的素材，所收集到的乡村振兴的相关资料也极其有限。

于是，我就前后三次给吴小敏打电话，进行电话补充采访。第一次打电话，她说她正在田间地头忙农事，没空，说改天吧！第二次给她打电话是一个上午，她十分抱歉道："真对不起，我现在正忙一批羊肚菌出售的运输问题，等忙完了这一阵，我及时给你打过来，好吗？"我答："好！"放下手机，心里想，她会啥时忙完呢！她创业不容易，生意是正事，等她忙完了，再打电话采访不迟。可是一直等到次日上午10时许，吴小敏也没回音。但我也很执着，就又第三次把电话打过去。斯时，她才如梦般醒过来。

"哎呀呀，丁老师，真对不起，昨天一忙，晕了头，把回电的事忘得一干二净。"吴小敏十分歉意地说："现在你问我答，你看行吗？尽量节约时间。"我道："好好好。"好在我事先草拟了近30个问点的提纲。使采访进展很顺利。就是在我们通话的过程中，她也在一边接听电话，一边处理她身边人的问话。

隔了几天，当我的创作接近尾声时，总觉得还有几个细节需要补充和核实。于是，我又以微信方式，把七个问题发过去，希望她能在百忙中简单作答。几分钟后，她回信："好的。"又过了两天，她才一五一十地把我需要的素材传过来。当我问及这五年返乡创业最深刻的体会有哪些时，吴小敏回答得很干脆，也十分富有哲理，她说："纸上得来终觉浅，绝知此事要躬行。艰辛知人生，实践长才干。这是我这几年最大的感受。是社会实践，使我找到了理论与实践的结合点……"

吴小敏的感受，让我进一步了解了她的平凡与非凡。

对吴小敏的迟缓回音，我有两种理解，一来是，她工作实在太忙，一门心思和精力倾情到了羊肚菌上；二来是，她淡泊名利，不太喜欢别人浓墨重彩地宣扬自己。我心里想，如果是后者的话，她的事迹，就更值得挖掘，更值得写，更值得大张旗鼓地宣扬。

但愿她在倾情种植羊肚菌的壮丽事业上，用勤劳和智慧，续写人生新的篇章！

见证：医者仁心

人们奔走在宽阔的小康路上，在物质和精神生活得到一定的满足之后，对身体健康的渴望就显得格外的强烈。这个时候，作为"白衣天使"的广大医务工作者，其肩上的担子就更加沉重，担负着"救死扶伤"的天职是神圣的。能否初心如磐履行职责？我在此次的采访中找到了答案。

——采访札记

开场白

八月初的一天，骄阳似火，热浪灼人。美丽山城重庆的各行各业，大街小巷，人们仍在抗击着酷暑，顽强地坚守着各自的岗位，战高温、斗酷暑、夺高产。

这天，我接受了一项特殊的使命，采写有关党建板块，市卫健委管辖单位的突出事迹和党员先进代表。

近几年，重庆市卫生健康委员会领导下的卫生系统做了大量的有利于人民身心健康的工作。特别是在"健康中国重庆行动"中的许多方面，都有不少创新和突破，堪称值得宣扬的"亮点"。当我在"写给新时代"微信群里，与市卫健委宣教中心喻主任、小陈老师联系上后，便正式进入了采访程序。不到两天工夫，我的手机微信就收到了十多份文稿及资料。用了整整两天时间，快速浏览后，果然发现里面有不少鲜为人知的、感人至深的、生动有趣的、值得浓墨重彩大书特书的故事。我心里想，有了这一大堆好几万字的材料，准能从这诸多的素材中梳理、提炼出自己所需要的创作素材。这对下一步进行深入细致的采访工作大有益处。

市卫健委党委书记黄明会说：踏石留印，抓铁有痕。深入推进"健康中国重庆行动"，为全面实现 2035 年"建成健康中国"的远景目标贡献重庆力量。他的这番话就自然为本篇写作定下了一个基调。

经过十多天的探访和努力，无数个电话的补充采访（疫情期间，有些被采访对象无法见面沟通交流）。随后，谋篇布局，立意构思，便有了如下的文字。

第一章　智慧急救

何为"智慧"？何为"急救"？

我的理解是：随着我国高科技的迅猛发展，现代化医学也在突飞猛进，各种先进设备也逐步运用到现实的治病救人当中。而急救，大家并不陌生。从医学字面意义上讲，就是人患了疾病或突发事故，需要应急的抢险急救。实则也不尽然，这里提到的"智慧急救"，是重庆市急救中心人，倾情奉献患者，新推出的一款"拳头"产品。我们让事实说话。

4月28日，山城大地，春风徐徐，鲜花盛开。然而，和煦温暖的阳光中还夹带着一丝丝的寒意。上午9时许，天气由晴转阴，下起雨来。此刻，重庆市120指挥中心突然接到西永钟树湾社区工作人员的求救电话，称：一名老人呼吸困难，疑似喉管被异物卡住。当时的状况是老人脸色铁青，全身抽搐，痛不欲生。而社区工作人员急得就像热锅上的蚂蚁团团转。咋办？情急之下便拨通了急救电话。一般按照惯例，在社区卫生服务站无法医治的情况下，要尽快派出救护车，送患者到上一级大医院就诊。大医院救治的手段和办法毕竟要更多一些。

抢险就是命令。时间在一分一秒地流逝，死神也在一分一秒地威胁着老人的生命。如果不马上采取果断措施抢救，患者就可能死亡。

人命关天。接警后，重庆市急救医疗中心医生蒋武以高度负责任的态度，第一时间向报警人发送了"渝视救"短信链接，要求对方按他的指导操作。报警人按程序点击链接后，就立即与蒋医生建立了网上视频通话。这时，蒋医生远程指导他们实施"海姆立克法"。不一会儿，就成功抢救了这名异物梗阻的老人。待老人喉腔异物被成功取出，不大一会儿身体恢复如常。这时，老人紧紧拉着社区工作者的手，千恩万谢道："你们真是好医生，活菩萨啊！如果没有你们全力的抢救，我这条老命今天恐怕就搭进去了。现在的日子光景那么好，说真的，我还想多活几年呐……"

工作人员却安慰他说："治病救人是我们的天职，您老人家就不要客气了。如果您真要感谢的话，您应该感谢重庆急救中心的蒋武医生，是他把您从鬼门关拉回来的。如果没有他的精心指导帮助，我们也没招。如果当时我们送您去大医院或叫救护车，又怕您在车上经不起颠簸，发生意外，错过了最佳的抢救时间……"

蒋医生所使用的"渝视救"又是怎么回事呢？它在急救中起到什么作用？话还得从头讲起——

"渝视救"的全称为"视频120——渝视救"，是重庆急救医疗中心党政三年前根据"人民至上，生命至上"理念而潜心研发的一套基于互联网的远程紧急救护指导系统。它通过视频通话的方式提供急救指导，帮助市民在救护车到达之前进行自救互救，可为及时抢救疾病患者赢得宝贵的时间。这项急救目前在全国都处于领跑地位。

该中心精明能干的党委书记马渝回忆道：如何解决急救人抵达医院前求助者"不会救"的难题，如一座大山横亘在我们面前。我们下决心一定要攻克这道难关。坦诚地说，立项之初院党委将"全市智慧急救体系建设"作为"三重一大"项目专题研究，力图通过发挥龙头带动效应，着力推动全市院前急救信息化、规范化、标准化、同质化，力求形成资源共享。

说话易，做起难。这件事的推进并不是一帆风顺。首先是班子成员意见很难统一。客观地说，现在重庆市的急救技术推广很有限，绝大部分报警人并不具备按照 120 医生语言完成急救的能力。有领导班子成员善意提醒：现在搞这个项目是不是有些超前，条件尚不成熟，最好是缓一缓，等各方面条件具备了再推进也不迟吧！其次，从经营角度上讲，这样会减少医院的收益。而马渝书记的态度非常明确：党委领导下的院长负责制，我们要敢为人先，敢做第一个"吃螃蟹"的人。此事刻不容缓。我们要急患者所急，想患者所想，否则"医者仁心"就是一句空话。我们的工作要有前瞻性，等各方面条件成熟再搞，那黄花菜都凉了。再说，谁也不是从娘胎里生出来就会干这干那。我们要勇于担当，对新事物要敢闯敢试。边学习，边实践，边总结。只有这样，才能及早探索出一条治病救人的新路子，尽最大可能抢救鲜活的生命。这样，也才不辜负上级的信任和全市人民对急救医疗中心的期盼。

后来，班子成员终于达成共识。视野开阔了，境界提升了，干劲自然就有了。马渝书记把初步设想和思路向重庆市卫生健康委员会做了详细汇报，得到了大力支持，心里更有了底。他深有体会地说：以医院发展过程中的难点、热点、痛点作为党建工作的着力点，使科研项目有了明确的目标，科技创新就有了新动力，各项事业得以融合发展。

重庆市卫生健康委员会牵头，重庆市急救医疗中心自主研发，经研发团队攻关，"视频 120——渝视救"系统已实现一键报警、自动定位、视频指导远程会诊等功能，有效弥补了传统电话报警的缺陷。如今像这样通过远程指导成功实施急救的案例，已在重庆上演过无数次。据统计，近三年来，该系统累计接警达 2000 余人次，其中指导急救成功处理达 600 多人。

而在几年前，遇到突发疾病患者求助，就只能等待救护车抵达，这样往往会错过最佳的抢救时间。"从拨打 120 电话，到救护车开到现场的这段时间叫作'急救黑障区'，在很多心脏疾病和车祸的现场，'急救黑障区'恰恰就是急救的黄金四分钟。"重庆市急救中心院前急救部党支部书记、主任蔡军如是说。换言之，没有"渝视救"，患者的死亡率会大为增加，而有了它，突发疾病患者的死亡概率就会大大减少。

他们创造的领先全国的"智慧急救"奇迹，可圈可点，值得点一个大大的赞！

创新之路是永远没有止境的。只有不断探索创新，才能铸就新的辉煌！

第二章　换位体验

无论是一个国家，还是一个民族，人民的幸福指数在很大程度上取决于人民的身体健康水平。要不然，实现中华民族伟大复兴梦，就还有很长的路要走。过去中国人被外国人视为"东亚病夫"的耻辱历史早已翻篇，一去不复返。

党的十九届六中全会指出：全面推进健康中国建设，坚持预防为主的方针，深化医药卫生体制改革，引导医疗卫生工作重心下移、资源下沉。健康中国建设，涵盖了卫生健康事业的方方面面，是当前和今后一个时期，卫生健康事业发展的逻辑起点和最终归宿。众所周知，健康是促进人的全面发展的必然要求，是经济社会发展的基础条件，也是全民族昌盛和国家富强的重要标志，更是广大人民群众的共同追求。

人民是否有健康的体魄，与经济社会，与民族、国家是密不可分的，标志着我们党对卫生健康事业的认识达到了前所未有的新高度。在市委、市政府的坚强领导下，重庆市卫生健康委员会始终把维护人民群众健康作为践行初心使命的具体体现，作为为民服务的责任担当，聚合力、求突破、重实效，努力打造健康中国行动范本。

重庆市卫生健康委员会党委书记、主任黄明会在题为《以人民为中心，全力推进健康中国重庆行动》一文中，阐明了三个观点，即坚持发挥党总揽全局作用，积极把健康融入所有政策；坚持预防为主的方针，努力提高全民健康素养；坚持以人民为中心的发展思想，提供全生命周期健康服务。他还说，在主管副市长的直接统领下，市卫生健康委员会决策层同心同德，引导全市各家医院，紧密联系实际，竭尽全力，抓好健康重庆行动。基于此，笔者带着采访任务，走进了重庆市精神卫生中心。让我印象最深、也最感兴趣的是他们推行的"换位体验"活动。

一般而言，对没到过卫生精神中心的人来说，这里多少有些陌生，这里的医护人员是一群整天与各类大脑思维异常的精神病患者打交道的白衣天使。朝夕相处，人情冷暖重千斤，在他们身上得到了集中体现。

有资料显示：近年来，重庆市精神卫生中心党委着力推动党建工作与业务工作深度融合，切实加强党的全面领导，有机整合党建资源，通过"三个转变"（由"独角戏"向"大合唱"转变，激活党建业务融合内动力；由"等安排"向"群献策"转变，挖掘党建业务融合原动力；由"少亮点"向"树品牌"转变，提升党建业务融合创造力），不断激发党组织的内生动力。进而闯出了一条以党建促进医院高质量发展之路。由此可见，党建引领是何等的重要，这是因为，一个党支部就是一个坚强的堡垒；一名党员就是一团燃烧的火，就是一面鲜艳的旗，始终让鲜红的党旗，在中心党员心中高高飘扬！

一个精神病患者，导致发病的原因是多种多样的，极其复杂的。如失恋、工作压力太大，或受到意外沉重的精神刺激，心理承受能力脆弱，孤独寂寞无助，等等，长期压抑郁闷，最终导致精神失常失忆。这种病人的喜怒无常，其百般的痛苦状况，是正常人难以理解和想象的。

当下，因体制、机制等原因，人民群众对医疗卫生系统工作多有不满，意见不少，认为他们是昧着良心，一心为了赚黑心钱，不顾医德医风。以重庆市精神卫生中心为例，过去，基层党建活力不足，党建业务融合只是停留在嘴上。该卫生中心党委书记李小兵介绍道：之前，部分科室落实"三会一课"制度存在停留在口头上、纸面上，空洞不力的现象；还有个别科室以业务太忙为理由，还说不搞党建创新，也照样工作，过分强调业务的重要性。即使搞，也是内容贫乏，形式僵化，以至于党员们消极被动应付。应如何扭转这一被动局面，切实推进"健康中国重庆行动"呢？的确是一个亟待解决的大问题。

针对上述不良现象，时不我待，该中心党委多次专题研究，根据全市精神病患者逐年增多的趋势，他们决定率先在老年三科党支部推出医、患换位体验项目，简称"换位体验"。意在让广大医护人员真正感受到患者的需求和渴望。

这个项目的实施，让医护人员切身体会和感触到严重患者卧床、喂食的速度、食物异常温度以及日常需求等，有效提升医护人员的热情、周到的服务质量进而提升对患者住院的护理质量，大大改善了过去那种紧张、简单、生硬的医患关系。精神病人不属于正常人，很难与之进行情感沟通，稍有不慎，或不留意、不细心就会导致意外，甚至是不堪设想的恶果。通过这项活动的开展，医护人员把每一位精神病患者当亲人，经过细心的呵护和照料，尽量减轻病人的痛苦。老年三科的这一创新做法，受到不少患者家属的啧啧称赞。一位姓林的老母亲目睹此情此景，十分感激道："如果没有你们的辛勤付出，精心治疗，我真的不知如何是好啊！"

除此之外，重庆市精神卫生中心院办党支部开展的与黔江区金溪镇对口帮扶项目，让党员干部参与基层治理，帮助当地解决精神病患者社区康复和村民心理疏导健康问题，助力乡村振兴。党办、人事、女病区三个党支部联合开展"艺术疗愈"创新项目，通过走进社区开展"阳光课堂""圆梦心愿"等志愿者服务，促进精神障碍患者社区康复服务与医疗救治、社会救助、长期照顾以及就业服务一条龙的衔接配合，为探索构建满足精神病患者康复需要的服务网络，提出了崭新的思路。据了解，重庆精神卫生中心近三年来，党建创新项目达17项之多，均收到了良好的社会效益和经济效益。

思路决定出路，细节决定成败。重庆市精神卫生中心的典型做法，尤其是"换位体验"的特色做法，体现了良好的医德医风和高尚的人格魅力。同时也足以证明，他们的决策层和医护人员没有闲着，而是在"健康中国重庆行动"中，事事处处以患者为中心，开动脑筋，积极探索，大胆创新，切实为全市精神病患者做出了显赫的佳绩。

壮哉，重庆市精神卫生中心工作者，你们是一群值得树碑立传的优秀集体。你们在光荣而神圣的岗位上，坚定信仰，不忘初心，不辱使命，着实用心血谱写出了既温暖他人，又温暖自己的绚丽华章！

第三章　倾情奉献

推行"健康中国"建设，是我们党对人民的庄严承诺。

东西南北中，党政军民学，党是领导一切的。为推进"健康中国"行动，在重庆市委、市政府的高度重视下，三年前，成立了"健康中国重庆行动"推进委员会，由分管副市长担任推进委员会主任，先后印发《健康中国重庆行动方案》《健康中国重庆行动（2019—2030）》等文件，并将这项行动纳入对各区县党委政府的年度目标绩效考核，形成"党委统领，自上而下"

的崭新工作格局。重庆市卫生健康委员党委书记黄明会十分自信地说。

有资料显示：通过几年的艰苦奋斗，"大卫生，大健康"理念不断深入人心，达成共识，重庆市人均期望寿命、孕产妇死亡率、婴儿死亡率、五岁以下儿童死亡率、居民健康素养水平等指标，都优于全国平均水平，保持了祖国西部领先地位。

俗话讲：火车跑得快，全凭车头带。领导带了头，群众有奔头。以党建引领的事业，是一项光荣而神圣的伟大事业，也是大有希望、深受老百姓欢迎的事业。

一天晚上 10 时许，重庆市急救中心院前急救部医生曾涌，提着沉重的急救箱，拖着疲惫的身躯，刚刚回到医院值班室。三分钟前，他随救护车到大坪接回一名在家跌倒受伤的老人。在将患者交付给了专科医生后，曾涌并没有休息，而是抓紧时间完善病历，时刻准备新的出征，去现场救治下一位患者。果不其然，他写完病历，刚坐在椅子上打个盹，不到半小时，又接到急救电话，于是，他二话没说，拎着急救箱，随救护车又去了另一个抢救现场。曾医生深有体会道："既然选择了医生这个职业，就必须要仁慈、要有爱心，这样的工作节奏算正常了，节假日接到这类的电话更多。"曾涌还说："在医院从业五年，每逢节假日值班已成家常便饭。随时准备再出发，这是我们急救医生的职业操守。我是一名年轻党员，为患者吃苦耐劳，是我的本职，更是我的特殊使命！"

及时响应，随时出发，是急救部医护人员的使命。突发事件时有发生，如果能提升社会公众的自救互救能力，就显得尤为重要。"卫生应急技能不仅专业人士要掌握，社会大众也应该掌握。"重庆市急救中心党委书记马渝道。其实，早在四年前，该中心就开展了全市首期市级公众卫生应急技能提升行动师资培训班，为来自重庆医科大学附属第一院、附属第二院、重庆市人民医院等市级指导中心的32名师资进行培训和考核。从此，拉开了全市公众卫生应急技能提升行动的序幕。如今每到周末，中心临床技能培训中心的党员志愿者们，都会开展公众急救技能免费培训活动。此举受到社会各界的一致好评。

在重庆市精神卫生中心，笔者还了解到，在由"少亮点"向"树品牌"转变，提升党建业务融合创造力的过程中，着实有不少出彩的工作，并也取得不小的成绩。医院要创新、要发展，关键看学科；学科要发展，必须依靠党建工作来引领。

该中心年富力强、老成持重的党委副书记、主任代鸿认为：强学科离不开党建的引领。中心党委组织研判，党支部与科室在运行过程中存在的诸多问题，组织各支部和科室以"党建＋业务"的形式，卓有成效地开展各项工作。在机制、资金、平台等条件上支持，实现党建和业务"同频共振"、互促共进。近年来，儿童青少年精神心理健康需求的呼声，越来越强烈。要想满足社会的就医需求，就必须补齐短板，打造出具有强大服务能力支撑的特色专科。因此，该中心党委通过"双培养"机制，把思想成熟、政治可靠、业务技术精湛的医学博士王敏，发展为中共党员并大胆委以重任，担纲该科室主任。

在学科建设上，党委专门安排具有扎实专业水平和丰富管理经验的中心党委委员、副主任蒋国庆担任该科室首席专家，形成了由两名硕士生导师、一名博士、四名硕士组成的优秀专家团队，专业覆盖精神病学、儿科学、神经病学、心理学和康复医学等领域，形成多学科联合诊疗机制，切实做到科学攀登有新招，倾情奉献不停步！

在硬件环境、设施设备、诊疗功能上，他们均按照国内外领先的儿童青少年精神心理专科标准建设，使科室服务能力，一跃达到我国西部青少年精神心理专科领域领先水平。

结束语

"健康中国重庆行动"，是新时代的呼唤，是全重庆人民群众的热切希望。重庆人民身体健康，延年益寿，就是对中国的最大贡献，也是对世界的贡献！人民没有健康的体魄，就不可能出色创造各项事业的新成就，也不可能书写崭新时代的新传奇。

路漫漫其修远兮，吾将上下而求索。

重庆市急救中心、重庆市精神卫生中心，还有不少动人事迹，限于篇幅，在此，以斑见豹，足以表达和见证"医者仁心"。历史不会忘记，共和国不会忘记，人民不会忘记，他们曾经开拓创新，锐意进取，拼搏奋斗的铿锵足迹。

最后，由衷企盼广大医务工作者，在"健康中国重庆行动"

的新征程中，用智慧和汗水，饱蘸着激情，谱写出更加美妙而
动人的新乐章！

邬亮和他的同事们

一

这是一个寒风凛冽的日子，当扶贫工作队联络员邬亮和驻村第一书记王云川，把春节慰问的袋装大米和一桶色拉油，亲自送到金溪镇清水村贫困户田景松的手中时，对方紧紧握住他们的手，十分激动地说：感谢你们，你们真是活菩萨啊！……邬亮回应道：我们不是活菩萨，这是党和政府给你们送来的温暖。其实当日，邬亮他们组，按计划先后翻山越岭，不辞辛苦，一共慰问了九户人家。送完最后一份温暖时，已是掌灯时分。

驱车沿着乡间凹凸不平的公路，一路颠簸着返回镇上驻地时，已累得腰酸背痛，大汗淋淋。此刻，邬亮他们才长长地松了一口气。心里想，今天总算又办完了一件实事。

为了使读者能看到下面生动而精彩的故事片断，在这里，我不得不把镜头拉回到三年前，去追溯那些过往，那些扣人心弦、令人终身难以忘怀的美好记忆。

二

金溪镇位于重庆市黔江区西南面，全镇面积共计 84 平方千米，镇内有 8 个村（社区）、51 个村民小组，计 5257 户、14880 人。其中典型的贫困村 6 个，贫困人口 2185 人，贫困发生率为 1.93%。

该镇自然环境恶劣，被称为"筲箕滩"，意思是地形地貌呈"筲箕"状，以山地、深丘居多，土质保水保肥差。地块零碎，绝大多数被村民们称为"鸡窝地、巴掌田"，很难形成较大规模集中连片的产业，农业生产效益不高。此外，基础设施薄弱，产业支撑不足，故金溪镇被重庆市列为全市 18 个深度贫困乡（镇）之一。

五一劳动节后第一天上班，邬书记的工作日程安排得满满的，上午下午都有会，无法脱身。他来电说：很抱歉，计划没有变化快，只好约两天后的上午 10 点见面。

可约定那天，他没有准时赴约，而是叫我先采访王云川，说他是我们扶贫工作队驻黔江区金溪镇清水村的第一书记，值得挖掘，其事迹很典型很突出。还说，已订了一个清静的茶坊雅间。

我和王云川到后，按事前预约，邬亮送来好几份资料和新闻图片，诸如扶贫工作阶段性小结，报刊发表的报纸剪集，等等。同时，还用手机微信传给我不少内容。王云川向我解释说：邬书记一向很准点的，现在医院里临时有急事，实属情况特殊，需他和院长商量后，马上处置。一小时后，邬书记出现了。

一阵寒暄过后，便转入了正题。这时，我对邬亮有意识地进行了一番打量。他，身着一件鱼白色短袖衬衣，显得很帅很精神，四十挂零，中等身材，板寸平头，一张国字脸上，镶嵌着一双炯炯有神的眼睛，且时时放射出健谈而不失稳重、豁达而不失原则、谦和而不失睿智的光泽。总体感觉，属儒雅型领导。这就是他给我的第一印象。

2017年9月，美丽山城，烈日当空，热浪滚滚。有一天，邬亮正在办公室忙碌着。忽然间，领导找他谈话。大意是：为深入贯彻中央和重庆市委深度脱贫攻坚的重要指示精神，全面落实市委市政府做好深度贫困乡镇脱贫攻坚工作的决策部署。重庆市卫生健康委员会（重庆市卫生计生委扶贫集团）积极整合资源，准备成立扶贫工作队。组织上考虑再三，经过慎重研究，决定抽调你去担任扶贫工作队的联络员，希望你去后，好好协助队长工作。看你还有啥意见？如果没有，你就把手头工作交代一下，回去准备，尽快出发。

邬亮愣了一下，他万万没有想到党组织会选派他去扶贫。此刻，面对组织的信任，领导的重托，邬亮来不及多想，就表态道：坚决服从组织决定，我人年轻，但请领导放心，我会珍惜这次难得的锻炼机会，协助队长，团结队员，踏实工作。

也就是说，他不认为这是一个烫手的"炭丸"。

晚上回到家里，当邬亮一五一十地把白天的事说了之后，妻子一脸的不高兴："怎么好事都轮到你头上，你去扶贫，一拍屁股走了,儿子每天上学的接送由谁管?"加之,还是小学升初中的关键时期。邬亮早有预案,他胸有成竹,笑着安慰道:"瞧你那点觉悟,你别急别发火嘛,办法总比困难多。我细想了一下,我下去后,你在家拖一个孩子,确实很辛苦,干脆在渝中区,孩子学校附近租间房子吧!免得你每天从龙头寺到主城来回跑上跑下的。实在不行,拜托双方父母多操点心。"她听了在理,就没再多说什么,只是说:"我知道你把事业看得比什么都重要。"紧接着,邬亮又见机道:"你想啊,这些年,要不是组织上的抬爱,个人的勤奋努力工作,我会成长?会有我们家现在的一切吗?人生,有所得,先要有所舍,舍得舍得,就是这个理儿。这是一种思想境界。再说,人生多点磨砺好,经历阅历是人生的宝贵财富。"这时,妻子脸色由阴转晴地说:"好了好了,别贫嘴了,我照顾好儿子就是了,你就放心地去吧!"

小家庭问题解决了,邬亮干起工作就没了后顾之忧。

这次抽调邬亮下基层担当扶贫重任,名为锻炼,实为严峻考验。这次下去,他能担起这一副沉甸甸的担子吗?他能协助队长搞好纷繁复杂的工作吗?他能当好"润滑剂"似的联络员吗?

记得工作队进驻金溪镇的第一天,就面临住宿难题。镇上安排了废弃不用的,原计生工作站的两间房屋给工作队当宿舍。当时看到的环境状况是:室内蜘蛛网密布,地面潮湿。时值盛夏,天气十分炎热,没有安装空调,只有电扇。镇上领导说:"这几间房很久没住人了,没想到你们来得太快了。回头,我找人把墙粉刷一下,添点设备。"工作队张队长说:"我们是来吃苦的,帮助工作的，不是来享受的，房子随便处理一下就行了。"接着张队长安排道："明天上午，与镇委、镇政府领导班子碰头后，下午，就按事先分工，把六位驻村第一书记送到各村去，具体事宜由联络员小邬全权负责。"邬亮答："好，我这就去办。"

食宿简单安顿之后，接下来，工作队遇到的大难题是，两眼一抹黑，对当地的情况一知半解，不甚了解，总不能指手画脚，大包大揽，瞎搞胡来吧！如何扶贫，如何攻坚，如何精准扶贫？不是说一句话那么容易。这次下来前，邬亮他们只是从市政府相关纸质资料上得知，该镇有清水等6个深度贫困村，要求村民们脱贫致富。究竟如何搞，如何有计划有步骤，分阶段有条不紊地有序进行，就需要在工作队深入各村各户开展调查研究的基础上，再听取镇领导和村干部介绍情况，然后撰写出一个切合实际的操作性强的扶贫攻坚规划。只有这样，才能有的放矢，精准扶贫，达到预期的效果。否则，就只能是纸上谈兵。

当问及联络员的职责时，邬亮沉思片刻，毫不掩饰地打了个比喻，他说："就好似一颗螺丝钉，一点'润滑剂'。"换言之，就像一个舞台上跑龙套的，整天跑腿打杂，陷于没完没了、零零碎碎的烦琐事务之中。上情下达，下情上报，始终处于工作的中间环节，稍有不慎，就会出差子。也就是说，既要清楚队长的领导意图，又得明白他的管理艺术和工作风格。还要不折不扣，变成具体的条条款款，贯彻落实到工作队员和6个驻村第一书记的头脑中去。之后，还要把下面的贯彻情况如实汇总上报。这就是联络员。也就是说，邬亮一刻都没有忘记，当年自己高举起右手，攥紧拳头，在鲜红党旗下的铮铮誓言。庄严的承诺，必须让信仰之火，在扶贫工作上，气势如虹的战斗中熊熊燃烧。

邬亮饱含深情地说："金溪镇是个典型的老少边穷乡镇，占人口总数 82% 的是土家族，汉族和苗族只占 18%。这里民风淳朴，要切实搞好扶贫工作，既要尊重当地人的风俗习惯，又要耐心疏通引导当地百姓接受因地制宜、告别贫困的方式方法。一句话，就是必须与当地村民打成一片，同呼吸，共命运，心连心。"

斯时，他话锋一转，又说，队长张志坚，年近花甲，副厅级领导，他是工作队的"领头雁"，核心人物。他为人正派，思想超前，身体硬朗，作风扎实。到位不久，他就针对眼下扶贫现状，紧密联系实际，提炼出了工作队的"六字"精神:忠诚、担当、奉献。

平日里，张志坚轻车简从，严于律己，率先垂范，吃住在乡镇，生活上从不搞特殊化，从不给乡镇干部群众添麻烦。真有"老骥伏枥，志在千里"的雄心壮志。他还常在工作例会上，对年轻干部们讲:中国扶贫攻坚，是崭新时代一个伟大的创举，是一项前无古人的浩瀚而系统的工程，其意义非凡，令世人瞩目惊叹，你们有缘，恰逢其时，赶上了好时光。当你们像我这把老骨头时，蓦然回首，一定会为今天的辛勤付出、默默奉献，而感到由衷的骄傲和自豪！一番推心置腹的话，令年轻人热血沸腾，干劲倍增。此外，他在勤政为民上，对队员们高标准严要求。

邬亮还说，驻清水村的第一书记王云川，50多岁，是全市第一批驻村书记中年龄最大的一位。平时，他总是走村串户，在田间地头与老农们拉家常，嘘寒问暖，尽可能帮助他们解决生产生活中的实际困难，对一时解决或回答不了的问题，他就及时整理上报。

老实说，上述是邬亮的谦逊之词，尽说别人如何如何的优秀，如何如何地令人钦佩，而只字不提自己的事。其实，他在联络员岗位做了大量卓有成效的工作，可以说，驾轻就熟，游刃有余。难怪组织上叫邬亮担当联络员，难怪队长经常肯定他的不凡工作。

三

人非草木，孰能无情。

黔江地处茫茫武陵山区，那年冬天，下起了霜雪，增添了几分寒意，使整个山区都笼罩在一片阴冷之中。

一天深夜，邬亮在金溪镇办公室全神贯注地赶写一份工作简报。忽然，妻子给他打来电话，先是亲切问候：天凉了，给你新买的羽绒服穿了吗？少抽烟少喝酒少熬夜，应多多保重身体。随后她又说：今晚辅导儿子作业，有一道算术练习题，我怎么想怎么思考，都没算出正确的答案来，如果你在家，肯定是张飞吃豆芽——小菜一碟。听到这儿，邬亮心里酸酸的，眼帘湿润了。他分明从她含蓄的语气里，听出了深深的思念和牵挂。于是，他安慰道：快了，快了，团圆的日子不会太远，眼下，我必须尽力把手头的事情做好、做到极致。亲爱的，话又说回来，我们家现在的生活，比起大山里村民们的生活，不知要强好多倍，你就知足吧！自古忠孝难两全，你懂的。妻子道：我知道了……

是呀，邬亮心里有些话在电话里没法讲出来，当他下乡亲眼见到不少无助的空巢老人和留守儿童，长年累月没有家人陪伴时，心里不是滋味。想想自己的长辈、儿子现在的生活状态，比起他们却幸福多了。

采访中，笔者翻阅到一份扶贫主题鲜明，思路清晰，数据翔实的工作小结。字里行间，让我看到了工作队、看到了邬亮他们这个优秀团队，在金溪镇扶贫攻坚的奋斗足迹。可以说，是每一个队员智慧和心血的结晶。

邬亮的姓名，我没有考证过，为何父母给他取单名"亮"字？深层含义是什么？我想，亮字加上姓氏邬字的谐音（乌）组合，就别有一番寓意，可能是愿他像一块乌黑闪亮的煤，燃烧自己，照亮别人。换言之，也可理解为敞亮的阳光心态，做人做事要响亮吧。

还有，遇到关键时刻，邬亮总能想出好点子。为了切实调动工作队每个成员的工作主动性、积极性和创造性，张志坚采纳了联络员邬亮提出的建议，适时组织队员家属到扶贫工作地点参观。当亲人家属子女组团来金溪镇探亲后，激发了队员们巨大的政治热情和旺盛的工作干劲。大家异口同声：队领导的人文关怀,有人情味的管理,就是工作再苦累再难,也豁出去了。邬亮从家属们开心爽朗的笑声中,看到了理解与支持,更看到了扶贫工作的希望。因长辈、妻室儿女是工作队员干好本职工作的坚强后盾和停泊的温馨港湾。

没有规矩,不成方圆。工作队到位以后,及时拟订了驻乡工作队和驻村第一书记的工作职责和任务。制定了《工作职责》《工作制度》《工作纪律》等,并张贴上墙。

有了制度,不能光挂在墙上,如何接地气,如何落地生根?

有一次,邬亮下村,听到驻村第一书记王云川反映关于村里面贫困户建卡的一些不公行为。他及时为第一书记撑腰,并和镇上领导一起,及时召集村支两委开会。严肃地再次阐明中央和地方党和政府的有关政策与贫困户的建卡标准及条件,该建的没建,而不该建的建了,搞错了,就必须纠正。他还语重心长地说:同志们,我们得扪心自问,千万不能叫真正有困难的老百姓寒心啊!事后,邬亮将此情向队长报告后,队长伸出大拇指肯定了一句:"小邬,你做得对。"

事隔不久,此事得到了妥善解决。让村民们看到了真正的公开、公平、公正新气象。

常言道,吃得亏,打得拢堆;吃亏是福。在工作队期间,为凝聚人心,邬亮经常把私家车拿来公用,别人借车后,他也从不收油钱,还诙谐地说:"黔江区委只给我们配了一台小车,整天走村串户哪够用呀!没事,你们只要不嫌我车破,就用呗!"还有,工作队原则要求,每一位队员,一月返一次家,遇特殊情况除外。每逢这时，邬亮偶尔也会利用在镇上过双休日的机会，自己掏腰包，请同事们到街上吃顿火锅，或到农家乐打牙祭，赢得了不错的口碑，夸他是队员们的贴心人。邬亮说：人是有思维有灵性的高级动物，人心都是肉长的，十分重感情。滴水之恩，涌泉相报，大家不会不懂。寂寞的乡村夜，约几个同事聚一聚，人之常情，这也是我这个联络官联络感情的工作方法之一嘛！

另据悉，该工作队的典型做法和事迹，相继被中国人口报、人民网、新华网、华龙网、重庆日报、重庆晨报、重庆卫视等十多家新闻媒体深度报道百余次。2018年，该工作队因成绩优异，被重庆市评为扶贫工作先进集体。

上述的工作中，自然而然地凝结着邬亮的一份心血。为了改变乡村的落后面貌，为了彻底改变广大村民命运，过上好日子，为了让贫瘠的土地重新焕发出泥土醉人的芬芳，为让田野长出苗壮的禾苗，开出鲜艳的花，结出甜蜜的果，邬亮和他的同事们着实默默无闻，无私奉献了自己的一份炽热、一份力量。

四

铁打的营盘，流水的兵。

2017年，阳春三月，重庆市卫生健康委员会就任命邬亮为重庆市第六人民医院（重庆市医学高等专科学校附一院）党委书记，当时领导说的是，在下去一年扶贫工作结束后，也就是2018年10月，再正式到岗到位。

光阴似箭，一眨眼一年就流逝了。过去的一年，邬亮勤奋踏实地工作，没有辜负上级的重托，收获满满。眼下就要离开，心里五味杂陈。

那天下午，邬亮站在金溪镇的高处，俯瞰他曾战斗过的地方，真有些留念，有些依依不舍。看到乡村的山山水水，看到山在悄悄变青，水在渐渐变绿，仿佛看到了山民们那一张张灿烂的笑脸。也许，这就是扶贫的阶段性成果。他蓦然回首，一切的一切，就像放电影一样，在脑海里闪现，又回想起了与同事们一道同甘共苦，和谐相处，奋力拼搏的 300 多个日日夜夜，好像就发生在昨天。大家都舍不得他走，可邬亮却含泪说：扶贫工作没有结束，我会回来的。

邬亮从扶贫一线、扶贫主阵地上撤下来了，从某种角度上讲，他肩上的担子更重了，由原来的市卫生局组织人事处副处长，助手岗位，一跃成为独当一面的医院党委书记。应该说，手中的权力更大了。可是，他说：职权是党和人民赋予的，只能用在为人民服务上。

王云川也从金溪镇清水村驻村第一书记岗位撤下来了，担任重庆市第六人民医院扶贫办公室主任。也就是说，健康医疗扶贫工作，仍在加大力度，持续进行，一刻也没停歇下来。

虽然，他们人不在金溪镇了，但心却时时刻刻牵挂着金溪镇。

2018 年 11 月 1 日，该院院长刘永生、党委书记邬亮、副院长郭罗勇，携医疗保险管理科、科技教育科、发展服务部等职能部门工作人员及内分泌代谢科、心血管内科、康复医学科、职业病与中毒医学科医护专家，一行 13 人，赴清水村开展"结对帮扶，送医送药"健康扶贫活动。针对该村田景松等 9 名重点帮扶对象，院党委确定了由 6 名院领导和工会负责人、团委书记及医疗保险管理科科长王云川，共同组成帮扶小组，实行一对一对接，体现医院资源优势，突出亮点特色，使扶贫工作干得风生水起。

五

河冰结合，非一日之寒；积土成山，非斯须之作。

经过连续不断的扶贫攻坚，久久为功，眼下，金溪镇究竟发生了哪些翻天覆地的变化呢？或者说，又有哪些值得村民们高兴的事呢？谈及金溪乡镇的变化，邬亮饶有兴致，对工作队是"助推器"这一块的工作，进行了扼要的回忆。他说：积极支持产业发展。主动协调利用资源，因地制宜，引进中蜂养殖项目；支持当地无抗生猪产业发展，调剂 600 万元启动资金，确保 10 万头无抗生猪基地如期开工；协调市银行业协会向金溪农户捐赠 3 万只鸡苗，3 万米养鸡栅栏，切实帮扶当地村民脱贫。

再一个显著变化是，积极联系"绿叶义工"志愿者组织，选派工作人员深入金溪镇开展精神扶贫。筛选出 10 名有创业背景创业成效的有志青年（注：目前全镇在外务工人员近千人，其中市内打工 300 余人，本镇就业 50 多人），成立返乡创业青年联盟，发挥示范作用，以"扶贫扶志"为指导思想，引导和动员他们返乡建设新农村，振兴乡村经济，建设自己美好的家园。此外，还在乡村乡规民约的基础上，组织开展家风家训主题活动，截至去年底，已走访 537 户农民家庭，为近 200 户村民梳理了家风家训。

邬亮说，衣食住行，是人生存的基本需求。而对荣誉的需求，对精神的需求，才是最高层次的需求。一个人有了精神的需求，就等于有了骨气和灵魂。他还常用南丁格尔的精神，即"爱心，耐心，细心"来勉励自己，其精神的内核是无私奉献。因此，他常以医者仁心的良好姿态对待工作。

扶贫，犹如号脉，如果脉号准了，就不愁药到病除。而今天邬亮他们的工作，就实实在在地佐证了这一点。

好了，在本篇收笔之前，有几句感叹，与大家共勉：今天邬亮和他同事们所做的一切，都是透过迎春望暖的理想，永葆为人民的初心，深深挚爱祖国，美丽如涟漪，激情如波浪，执拗糅合着人间正道，以高亢激越的韵律，用心血饱蘸着激情，谱写着有关古老乡村、有关热土的动人故事！其最终目的，是为了让山民们拥有泥土和绿色的芳香，真正走上脱贫致富的康庄大道！

三年前，气势恢宏的扶贫攻坚战在中国打响，其初步战果，已在世界人类的脑海里烙下了深深的中国印记：告别贫困！据悉，工作队未到金溪镇扶贫前，村民人均年收入 7168 元，到

2019 年，村民人均年收入已上升至 13221 元。也就是说，老百姓得实惠的经济收入在成倍数增长，而幸福指数，也在节节攀升。

凤凰村纪事

扶贫攻坚战役已落下帷幕一年多了，而如今振兴乡村的战斗早已打响。我的朋友柳一剑，每每提到三年扶贫攻坚的事，总说这是一段难忘的岁月，记忆犹新。他道："真的，过去，村民的日子过得实在是太清苦了。那时，我不得不与大山为伍，尽可能为他们说话办事。"

在这里，我们不妨听听，有关他任凤凰村驻村第一书记的故事。

三年前的金秋时节，眼看就要过国庆节了，柳一剑却跟着工作队章队长，还有五六位驻村第一书记，在重庆市委市政府大院门口，登上了一辆银灰色面包车。临行前，市领导与他们亲切握手：扶贫攻坚，是一项艰巨而光荣的使命，更是一项系统工程，预祝你们旗开得胜，马到成功！

车辄辘在高速路上疾速飞旋，车上的人一路欢歌一路笑。约两小时后，面包车下了高速公路，艰难吃力地行进在颠簸的乡村简易公路上，有的地段还是机耕道，凹凸不平弯道多。车上先前的兴奋、新鲜感和欢声笑语消失了。心直口快的张明说："乖乖，这是什么鬼地方，道路这么难行，快把人摇晃死了。"此刻，一向性格直爽的王海调侃了一句："尊敬的张明书记，你就挺一挺，耐心坚持一下吧，快到了。要知道，吃苦还在后头呢，现在后悔还来得及。不过，你可别忘了市领导的重托哟？"

张明看了他一眼，道："咋啦，没忘呀，说说路况都不行吗？你发什么神经，有意义吗？"

"跟你老兄开个玩笑，你何必当真呢，对不起……"王海说。

一席对白，瞬间把全车人都逗笑了。

柳一剑坐在车后排，闭目养神，像个闷葫芦，一言不发。他心里感到忐忑不安，对这次组织上的派遣，心里没谱。尽管工作队开拔前，市里组织过培训，也学了不少从中央到地方政府有关扶贫攻坚的方针政策，是思路，是方略，是指导性意见。但到乡村后，究竟如何具体组织实施，又如何因地制宜，不折不扣，毫不走样地贯彻落实，从而使农民们真正脱贫致富，心中一直有个大大的问号。他越想头绪越多，脑海似一团乱麻，一时理不清。

一

他们去的地方是重庆东南部武隆区的一个乡。当天晚上，工作队的 10 个人就住在乡政府招待所里。第二天早上 9 点，集中由乡党政主要领导简单介绍情况后，就各自按事前分工，

6个驻村第一书记当天下午，就下到各自的深度贫困村去报到。柳一剑被分到全乡最偏僻的凤凰村，任驻村第一书记。

黄昏时分，李村长（准确的说法是村主任，但村民仍然习惯性地称为村长）和村支书老马等村支两委班子成员，按事先接到的通知，在村口恭候多时，却不见柳一剑的人影。又过了一会儿，村上会计周才生气喘吁吁地跑来，结结巴巴地说："咱们……新……新来的……柳书记，他、他，有人看见……他到……特困户赵大妈家……访贫问……问苦……去了。"这时，李村长瞄了一眼马书记："看来呀，这回来的不是一盏省油的灯！不是善茬！"然后，他转身就回村部去了。

几天里，各驻村第一书记都在马不停蹄走村串户，搞调查研究。有天早晨，他们从手机微信上得到内部通报，说驻乡工作队的两名年轻工作人员打起来了。

大致原委是：中秋节前夕，章队长在会上宣布：我们刚下乡不久，手头工作千头万绪，今年中秋节不放假……当晚工作队队员小刘和小王，就到乡场上一家路边店，望着天空皎洁的月亮喝闷酒。先是彼此话衷肠，诉说下乡后，家里娃儿没人接送。菜品五味，酒过三巡后，就失去了理智，口无遮拦。一个说："队长管理太严，太霸道，一点不讲人性化，连国家法定的节日都要克扣，算个球领导！"另一个则道："暂时的困难可以克服嘛，队长不是说了嘛，回头再补休。"可前者不依不饶，而后者却执意坚持自己的维护是对的。因此，发生口角，喋喋不休，逐步升级，最后，双方开战，用啤酒瓶砸头部……

事后，章队长对小刘和小王的不端行为，虎着脸瞪着眼，狠狠地训了一顿："像什么话！下乡扶贫干部，深更半夜，在乡场上酗酒闹事，成何体统！你们把工作队的颜面都丢尽了！真是不争气的东西，素质太糟，喝几口马尿水水，就找不着北啦！就乱了方寸？你们可是各单位精心挑选的干部，真令我痛心……"

转背，章队长就给联络员老郭交代，叫他好好帮助一下两位不知天有多高、地有多厚的小弟兄。

翌日上午，小刘、小王情绪低落，一起来到老郭办公室，低垂着头说："郭领导，郭哥，我们错了，给工作队抹了黑丢了脸，请你和队长严肃处罚吧！"

老郭先抑后扬道："嗯，认错态度还是挺端正的嘛！实话告诉你们，章队长气愤之极，恨铁不成钢！但念及二位是初犯，加之知道此事的人不多，没造成大的负面影响，只要在月度工作例会上做出深刻检讨就算过关。章队长还说了，年轻人阅历浅，犯点错很正常，只要吸取教训，不犯第二次低级错误，就还是好同志嘛！"继而，老郭又恩威并重道："人啊，不摔跤，无以长记性，无以成长。可这次，如果章队长不开恩，不宽宏大量，执意要把二位退回去换人。那么，我敢断言，你们的美好前程就算告一段落，被自己亲自葬送了。至少要在黑暗中多摸索好几年，才有可能重新起用，希望二位引以为戒，改掉陋习，把主要精力放到扶贫攻坚上，下不为例，你们就好自为之吧！"

对对对，郭哥，你说得太对了，我们一定照办！下次不敢了。

小刘、小王异口同声。

其实那天，当柳一剑从手机上看到这则内部通报时起，他就在心里给自己敲了警钟："千万不能在这个节骨眼上捅娄子。"

二

上午 10 点整，由村支两委通知开会，一来热烈欢迎柳一剑书记到任，二来嘛，想让大家听听柳书记对"云上苗寨"凤凰村这个山旮旯致富，会有哪些高招高见，会念什么经。

开会前，柳书记抬腕看了看表，不是发表高论，而是开门见山，他板着脸，毫不留情地批评了电话已催过三遍，还是迟到了十分钟的村长助理兼治保主任陈顺贵。他板着脸，不轻不重地说："开会规定的时间，不准时到，就是对与会者的不尊重，开会有开会的纪律，希望以后注意点！"

此时，陈主任表情有点愠怒，正想起身做解释，却被主持会议的老马书记摁住，悄声说："不用解释，此时一切解释都是苍白的。"

对这位新官上任烧的第一把火，给了陈主任一个下马威，实际上，是在打马明凯他们的脸。这冷不丁的一招，使得他长了见识。心里咕哝：老子当村支书近三十年，还从没见过这副德行的人。咱们骑驴看唱本——走着瞧吧！好戏还在后头呢。看你小子能撑几天？

紧接着，在马书记致欢迎词，李村长介绍完全村的实际困难后，柳一剑又道："我是从农村走出大山的孩子，大学毕业后，分配在市里一家医院工作。今天有幸认识各位，并与大家搭建班子，一道共事。是缘分，把我们聚集到一块，我不是来享福、当官做老爷的。你们都是农业生产的行家里手，我是来学习的，是来团结大家、帮助大家、协助大家一块、抓扶贫攻坚的，希望大家鼎力支持我的工作……"

话说到这儿，柳一剑抿了一口茶水，清了清嗓子，环视了一圈在座的人，继续道："来之前，我从乡镇查了一些资料，对咱们村的实际困难情况略知一二。最近几天，我先后走访了赵大妈等 3 家建卡特困户，还有 6 户没走到，我打算明天和后天去完成。同时，我还想听听在座诸位对村里脱贫致富的意见和建议。据我初步调查，咱们村地处大山深处，350 户，近千人，人均不足 3 分地，人均年收入不到千元，外出打工的青年男女近 300 人，贫困发生率为 2.1%，不少村民，年年靠吃政府救济熬苦日子。客观上讲，全村地处武陵山区，地貌呈筲箕状，深丘居多，被山民们称为鸡窝地、巴掌田。由此，很难形成较大规模的集中连片的生产示范带，农业生产效益不高，加之基础设施薄弱，产业支撑不足。但是……"

"打住打住，好了好了。我亲爱的、敬爱的柳书记，你也别再但是但是了，我就问你一句话：你这次来，身上带了多少钱吧，没钱啥事都干不成！别尽扯那些没用的。"李村长实在是坐不住了，便深深吸了一口叼在嘴上燃着的烟卷，翘着头吐着烟圈，这样风凉地冒了一句。之后，有三个村委跟着起哄："对呀，柳书记，此行，你带了多少钱呀……"

这三个人分别是组织委员杨金灿、宣传委员兼纪检委员耿万才和妇女主任兰翠花。随后，李村长又气势压人道："咱村有咱村的规矩，你刚来，就文绉绉地指点江山，横加干涉，怕是不利于团结和工作吧……"

当时，会场空气像凝固了，柳一剑显得很尴尬。紧接着，大家又七嘴八舌起来。

此刻，只有村支书老马沉得住气，没有吱声。他在心里想："一个三十八九岁模样的年轻人，仪表堂堂，文质彬彬，风度翩翩，初来乍到，就对咱们村的情况了解和掌握得八九不离十。走马上任第一天，柳书记不是先到村部，而是去特困户家走访，其工作作风很扎实嘛！"于是，他瞅了大家一眼，挥手招呼道："大家静一静，等柳书记把话说完再提问、再讨论也不迟嘛！"

安静下来后，柳一剑又接着说："关于钱的事，脉号准后，我会和大家一起想办法，向上级打报告争取的。但是，这里我还是要说但是。方才讲了客观条件差，先天不足。下面，我想侧重说说主观因素。上面十年前就部署了脱贫工作，可这些年村上减贫幅度不大，步子迈得不坚实，至少表明，我们主观努力不够，村支两委成员心系百姓的劲头不足，智慧还没有完全被释放出来。这次上级派我来，就是叫我来牵头，虽不是当年土改工作队进村，打土豪分田地那种强劲态势，可也不亚于一场中等规模的战役。我没有三头六臂，是来跟大伙儿一起，集思广益，各抒己见，群策群力，因地制宜，充分发挥每一个村干部潜在的聪明才智和主观能动性，把山寨劣势，逐步转化为优势，不能一味依赖'输血'，而是必须要有自己的'造血'功能，切实挑起扶贫攻坚这副沉重的担子……"

会开得很沉闷，只要柳一剑书记带不来钱，他说什么都等于放屁！与会者都不感兴趣，看到他的架势，也不知该说什么或不该说什么，一个个像霜打过的茄子，蔫不拉叽的。

最后，村支书记老马宣布："好，今天会就暂时开到这儿吧，散会！"他要求大家回去后，站在讲政治的高度，从思想上好好消化柳书记的重要讲话精神及要点。从明天起，不，从现在起，我们务必要打起百般精神，要有新的战斗姿态，迎接扶贫攻坚这场硬仗的到来！

散会后，柳一剑还在会议室整理笔记。老马过来以试探的口吻，假惺惺地说："柳书记，时候不早了，要不这样，我叫婆娘中午随便弄几道菜，村干部们参加，小范围，我们尽尽东道主之谊，算是为你接风洗尘，你看行不？"柳一剑抬头道："不了，马支书，谢谢你的美意，情我领了。"

离开会议室，李村长与老马边走边聊。老马说："老伙计，我感觉姓柳的这小子，是个毛都没长齐的愣头青，还雄心勃勃。可他跟以往县、乡镇下乡蹲点的干部不一样，怎么个不一样法，我一时也说不清。但直觉告诉我，他是有备而来，事前做了不少功课。一来不搞吃吃喝喝，团团伙伙；二来嘛，工作又特别认真，丁是丁卯是卯，一点不含糊。你看他会上虎着脸教训陈主任的架势，还真让人琢磨不透……"

"咋啦，你怕了？"李村长匪气十足道，"像他这种货色，我一生中见得多了，讲话酸溜溜的，就是说得天花乱坠，顶啥用！又拿不出一点干货来不说，还全盘否定我们过去的工作，好像他就是救世主。我坚信，强龙战不过地头蛇。"

老马说："这不是怕不怕的问题，我是这样想啊，咱是组织的人，如果他是来与大家伙儿扭成一股绳，一起真抓实干，咱们就好好配合一把。倘若他是来捞资本挣政绩，想下来镀镀金，回去后，捞个一官半职当当，那么，他就打错了如意算盘，做梦去吧。我们不是常说，上有政策，下有对策嘛，看日后我们怎么收拾他！不给他点颜色看看，他还以为，咱们是几只病猫呢！"

"嗯，这个办法不错，老马，还是你聪明，下一步就按你说的办。哈哈哈！"李村长开怀大笑道。

马支书又说："不过呢，老伙计，你也别高兴得太早了。我不瞒你，最近我右眼跳得厉害，迷信说法，左跳财，右跳崖，看这阵仗，我已嗅到，他真有不脱贫不罢休、不收兵的火药味，我们还是先静观其变，顺势而为吧！走到哪个坡，就唱哪个歌嘛。"

"好吧，我听你的，免得当时代的绊脚石。"李村长说。

下午，柳一剑和老马又到贫困户访问去了。

岂料，当天晚上，就在柳一剑的住处，发生了一桩怪事。

三

当晚，柳一剑回到村部旁一间旧屋做的宿舍，用电饭煲下了一碗面条吃了后，躺在床铺上翻来覆去睡不着。此刻，山寨很寂静，田间的蛙鸣、森林知了的叫声，房前屋后蟋蟀的唱和，都听得一清二楚，还有远处山里人家的狗吠声。连起来，就是一片大合唱，一首别致杂乱无章的交响曲。时值仲秋，再过几天，就是国庆节了，气温依然很灼人。寝室里，只有一台坐式摇头电扇在来回转动。他脑海里仍在浮现白天的那一幕又一幕。想着想着，全身汗涔涔的，顿感身心疲惫，一阵阵头痛。然后，就迷迷糊糊地睡去了。

　　此住处是村办公楼下临时腾出的一间保管室，说白了，就是一间杂物房。刚进来时，其情状是，蜘蛛网密布，地面潮湿，屋顶漏雨，墙壁斑驳漆黑。李村长当时说："没想到柳书记工作作风扎实，雷厉风行，来得这么快，明天我叫人打扫一下，把屋内墙壁重新粉刷一遍，然后再添置点设备。这几天就暂时委屈一下，住办公室。"柳一剑回答："我是来干活的，个人生活上简单点就行了。"住进这间屋后，第二天，他还专门采撷了几株映山红，由花钵栽培在门前作点缀，让自己看得舒心，让别人看到有一种新鲜感。

　　深夜零点左右，门"咣当"一声闷响，把柳一剑从睡梦中惊醒。他翻身下床，打开房门一看，一条碗口粗的菜花蛇横卧在门口花钵旁，昂着头四处搜寻，狰狞的面孔怪吓人的。柳一剑是农村长大的孩子，知道这种蛇毒性不大，见了也不至于感到恐怖。不过，他认为此事很蹊跷。于是，他马上给村治保主任陈顺贵打电话，叫他马上派人过来处理。

　　不大一会儿，陈主任带人跑来了，见此情况，一边叫身边的小周把蛇弄走，一边说："是谁吃了豹子胆，竟敢在柳书记门前恶作剧！"此时，柳一剑心生疑窦，却仍显得十分镇静道："没有证据，别瞎说，兴许是它自己跑来叩见新主人的呢？"陈顺贵说："柳书记，都啥时候了，你还有心思讲笑话。"

陈主任和小周走后，柳一剑想：这事是谁干的？我初来乍到，与他们无冤无仇，充其量是在会上观点不一致，还不至于三观不合吧！是李村长，是村支书老马，还是陈顺贵，或者是其他什么人？又是谁最想吓唬自己呢？老李、老马会干出这种下三烂的事？要干也会唆使别人干。陈主任不会是贼喊捉贼吧！嗨，想这么多干什么呀，玩火者自焚，多行不义必自毙，这事早早晚晚会露原形，会水落石出的。

他又想起此次出征前的一天上午，院党委郝书记的嘱托："小柳，你是咱们医院综合科科长，青年才俊。这次组织上经过慎重研究决定，派你下乡扶贫，看你有啥意见有啥想法？如果没有，科室工作回头你给副科长交代一下，再早点回去安顿一下家人，下周就出发。"面对领导的命令，不是征求意见。柳一剑表态坚决："感谢组织上的信任和重托，请您放心，我年轻，这无疑是一次锻炼意志品质的绝佳机会，我会好好干的。"

郝书记又道："这就好。不过，你要有吃苦的足够的思想准备哟！虽是去当驻村第一书记，是全国几十万分之一，虽持有尚方宝剑，但农村的情况十分复杂，小农意识，观念陈旧，思想僵化，就够你喝一壶了。对你也是个严峻的考验和挑战哟。遇到困难，要多向上级请示汇报，多多依靠思想进步的村干部，切忌一意孤行，莽撞行事，凡事要动动脑子，注意管理的艺术和工作的方式方法。我知道你品学兼优，属刚柔相济的性格，且有一定的驾驭全局的工作能力。希望你下去后，把心沉下去，尤其是村主任和村支书两个关键性的人物，切实用你的智慧、你的人格魅力，去打动他们，千万不能掉进村民们蝇头小利纷争的旋涡……"

"郝书记，我会的，我都谨记在心。"柳一剑说。

那天下班回到家里，当柳一剑把下乡扶贫的事说了后，妻子顾小菁却一脸的不高兴："怎么啥好事都落到你头上啊！你们的头头，是不是半夜吃柿子——指着粑的捏哟。十年前，你大学毕业，分配到医院不几天，我俩刚结婚，四川汶川发生震惊中外的大地震，你们头头叫你随医疗抢险队去驰援，一去就是好几个月。这回可好，又轮到了你，还是一去三年，就是轮流坐庄，也该轮到别人呀……"

"小声点，你生怕全世界的人听不到吗？"柳一剑道，"当年初生牛犊不怕虎，要不是我心细，会在地震现场一片废墟中，听到一个小女孩的哭声，并和武警战士一道成功施救吗？瞧你那点觉悟，难道这些年组织上薄待了咱们？我一个毛头小伙，领导见我工作踏实肯干，不怕吃苦，由见习生、科员一步步地培养我当上了科长。后来为照顾两地分居，解决咱一家团圆问题，去年组织上好不容易批准了我的申请，后经多方协商协调，才把你从市远郊的乡镇卫生院调进城，难道这些好处，你都忘记了？人，总得讲知恩图报，讲点良心吧……还有，舍得舍得，不舍，怎么会有得呢？这么浅显的道理，小菁，你不会不懂吧！"

"好了，好了，我说服不了你。"小菁想了想，又气鼓鼓地说："那，一剑，你说眼前，儿子升初中的事咋办吧？每天上学，由谁接送？"柳一剑见她语气有些缓和，便乘虚而入，因势利导："不是你说不过我，而是我讲得在理儿。顾小菁同志，请你相信，办法总比困难多。昨天下午，我打电话，已经跟父母商量好了，叫他们到城里来。我不在家的日子，接送孩子的事，由他们多担待。怎么样，这回你满意了吧？另外，如果你同意，我们就在儿子上学的学校附近租一间房子，免得你每天城里城外，江南江北地跑。你说呢？"小菁答："嗯，这主意不错，还是我老公厉害。"话毕，她撒娇地跑过去，吻了他一下，然后，就上床关了灯……

想到这些，柳一剑开始反省：昨天自己的做派，是不是过火了，先点名批评迟到的陈顺贵，尔后又高谈阔论了一通，心里急啊，又不吐不快。但不管怎么说，既来之，则安之。他暗下决心：只要自己真心诚意地融入，与村民们打成一片，就没有过不去的坎，没有蹚不过去的河。俗话不是说，外来的和尚好念经嘛。

一天，晚饭后，闲着没事，柳一剑趁着月光围绕村子散步，看到村头最南边山坳上一间低矮的房屋边亮着灯，还有嘈杂声，便走到窗下侧耳倾听。他听见有人吼道："侯三，你不许赖账，嫖情赌义，愿赌服输，不能要无赖，快把那天借的30块钱还给我，要不然，老子一把火将你这房子烧了，你信不信……"

侯三也不甘示弱："你敢？动一下试试，老子会一刀捅死你个兔崽子……"眼看就要出人命，柳一剑来不及多想，一脚踹开房门，厉声道："不许动！你们在干什么？简直是胆大包天，太不像话了……"

顿时，屋子的八九个孩子都傻眼了，浑身上下直哆嗦，现了虾相。只有侯三硬着头皮说了句："柳书记，几兄弟闲得无聊，押五角的金花，没想到被你碰上了。柳书记，请你宽恕，下次不敢了。"柳书记灵机一动，说："好吧！"他借机严肃地给他们上了一堂生动的法制课，讲赌博是旧社会的一种陋习，一旦染指，会家破人亡的，云云。之后，他说："现在，大家都散了吧，各回各家。下次再让我撞上，就不是这个结果了。"

其实刚来不几天，柳一剑对村里犯有前科的侯三的情况，就有所了解。侯三，13岁丧父，15岁时母亲生病去世，他这根独苗，是跟着舅舅和舅妈过日子，也怪可怜的。他自幼猴精，好逸恶劳，又不愿外出打工，整天跟村里的几个调皮捣蛋小青年鬼混。三年前，因一起群体斗殴事件，提刀砍伤了赵大妈的小儿子，他被关进市少管所两年，去年释放，回到村里，又不学好，破罐子破摔。

对这件事，柳书记本想把侯三当个反面典型，警示全村，可转念一想：他们是几个不懂事、不成熟的青少年，思想觉悟、心理承受能力有限，与村干部们比，他不知少多少个档次。还是不能一棍子打死，怕事与愿违，得春风化雨似的耐心引导，再给他一次悔过自新的机会吧。

柳书记走后，侯三眼珠子一转，心里想，会不会是那天自己在他门口放蛇的事败露了，被他晓得了，是不是看破故意不点破？侯三越想越发毛，不知日后该咋办。嗨，管他呢，车到山前必有路，大不了再进"鸡圈"（指：牢房）一次。侯三想。

四

央视频道黄金档，不断播出《花繁叶茂》《美丽乡村》《枫叶红了》等反映农村题材的精准扶贫、脱贫致富、扶贫攻坚的电视连续剧。在没事的夜晚，柳一剑收工回到宿舍，简单弄点吃的东西后，便会打开电视，先看《新闻联播》，了解国际国内的时事政治，意在了解当下的天下大事。当然，有时他也翻翻闲书消遣。

就揭示扶贫内容的长篇电视剧而言，弘扬主旋律，传递正能量，无可置疑。但是，柳一剑对剧中有些故事情节的夸张描绘不敢苟同。常言道：外行看热闹，内行看门道。如一名刚毕业的女大学生当村官可以，任驻村第一书记，却有些不真实，故弄玄虚，人物塑造也太"假大空"了吧。难道当地原有的村官们都是哈巴傻子，蹭干饭的？即使你使命在身，持有尚方宝剑，也不可能一蹴而就，顺风顺水。眼下，自己就处在错综复杂、各种关系很微妙的矛盾之中，处于十分难堪的境地，更何况是一个稚嫩的、刚出社会的女大学生哩！即使有，也是凤毛麟角。他认为，艺术上太夸张了。剧，就是剧，是演绎，是提炼升华生活后的艺术处理。

他沉思，他感叹：要想让山寨泥土吐出芬芳，待到山花烂漫时，村民丛中笑，自己要走的路还长着哩！

连日来，柳一剑几乎跑遍了凤凰村的山山水水，10个村民小组的每个家庭，每条羊肠小道，每一根田埂，都留下了他的脚印。每到一处，他都要用笔在小本子上记下点什么，哪怕是田埂旁的一棵果树。不仅如此，他还必须尽快熟悉和掌握村支两委，每一位成员的性格特征及行事风格。

是呀，柳书记的工作成效必须首先得到李村长的认可和肯定，也就是说，必须过心里那道坎，因他毕竟是全村的灵魂人物，有着常人不可小觑的不可轻易撼动的核心地位。据说以前，就是县长、乡长到此地检查工作，都得对他礼让三分。

李村长，何许人也？姓李，名长久。他到底有啥背景？为何如此厉害？确切地说，他是山寨公认的苗王，喜欢呼风唤雨，独断专行，玩弄权术，一手遮天。他五十开外，长得虎背熊腰，一脸的横肉。据说，他的阴险、诡秘和狡诈是远近闻名的。

二十年前，他是从父亲手中接过村长职位的，而他父亲则是从他爷爷手中接过来的。也就是说，新中国成立以来，该村就由他们家族延续掌控。论文凭，李长久只有初中文化，可论才干、威信和魄力，全村没人能比。这些年，国家搞改革开放，他家乘强劲东风率先脱贫致富。原因很简单，由于当时政策允许，他的亲弟弟李长安，牵头组建了一个私营工程建筑公司，经上下打点人脉关系，在县上和乡镇上揽到不少基建工程。现村委会西边风景秀丽的山坳，就有李长久家一套坐北朝南的三层小洋楼，不知情的人到此一游，准会误认为是某某高官的私人别墅哩。此外，李长久还买有一辆头上带有四个圈的奥迪小轿车。

村里少数几个死心塌地跟着李长久混的，生活还算滋润。凡与李村长踩脚踩手的村民，都没有好果子吃。有一回，赵大妈的大儿子赵恒，因分粮不公平，跟李村长拌了几句嘴，他就恶狠狠地叫赵恒滚蛋，有多远滚多远。打那以后，全村上下，乖乖听话，忍气吞声，敢怒而不敢言了。

因为这件事，赵恒不得不离家到广东打工。因父亲早年去世，全家就靠他干活挣钱维持生计。现在家里除了赵大妈外，还有一个瘫在床上的爷爷、两个十多岁未成年的弟弟，其中一个是智障。这真是屋漏偏逢连阴雨啊！不久前贫困户建档，他家该建的，没建，而另一户不该建的，建了。好在柳书记发现得早，及时纠正。

村支书马远凯，老谋深算，群众基础好，威信高，有较强的组织能力和号召力。他比村主任李长久大三岁，是原乡党委书记的侄子。高中生，前些年在乡广播站工作过，后回村当支书。现在，一般情况下，他不与李长久争权夺利论高低，但遇重大原则问题，他还是能与李长久进行沟通商量后，再上会研究决定。至于灵活性上的尺度把握，有时，他还得听村长李长久的。处世圆滑，遇事绕道行，是他的工作策略。难怪有人给马支书起了一个绰号，叫智慧的老狐狸。

组织委员杨金灿，四十挂零，是个典型的和事佬，脑壳像长在别人身上。凡事都听村主任的，自己缺少主见，有进步青年想入党，他首先跑去问村主任同不同意，然后再去向马书记汇报。

耿万才是村党支部的宣传委员、纪检委员，三十出头，过去在祖国西北边陲某部当过三年武警，体格健壮，是个血性军人。他人很正直，是个想干一番大事的人，退伍返乡后，本想在建设新农村的征程中，继续奉献青春、智慧和力量。可是他耳闻目睹的情形，与自己的想法相距甚远，有冲天的干劲闯劲，却派不上用场，也就是说，英雄无用武之地。好在村领导没亏待他，给他安排了现在这个职位。

至于村治保主任陈顺贵，五十开外的年纪，外号陈大炮。有人说，村上日常个别村民偷鸡摸狗、酗酒赌博、打架斗殴，一旦被他逮住，准会叫你吃不了兜着走。

兰翠花是村里的妇女主任，40多岁，体态丰盈，风韵犹存。当年她可是凤凰村的一只貌美如花的货真价实的"金凤凰"，是谁都想娶回家做老婆的小妖精。可谁都没料到，她最后会嫁给在城里打工的、老实巴交的吉木匠。她认为，嫁给这样的男人，靠谱。

最近几年，为了扶贫，上头经常派员下乡指导，可一到凤凰村就卡壳，就推不动了。当蹲点乡镇干部或工作组找村民谈话时，他们一个个都夸村主任是个好村官，就连村支书老马也跟着和稀泥。谈及农业发展经济，他总是强调人多地少不好拓展的客观原因，不愿从深层次的根源上查找问题。明眼人一看，这样的政治生态，他柳一剑书记初来乍到，能不小心谨慎从事吗？否则，一旦出差池，将会全盘皆输。

一天上午，就在柳一剑感到焦躁不安的时候，他意外接到妻子顾小菁打来的电话，说是自己的老父突发心脏病，住进了医院，已下病危通知书。现正在重症监护室抢救，叫他速返。他听罢安慰道："小菁，别哭，别着急，我会尽快赶回来的。"

柳一剑没对任何人提及此事，当天上午在乡上开完会，他才装着轻松的表情，向村支书老马吱了一声，说家里有点私事，需赶回去处理一下，最迟后天返回。当晚10点，当他急匆匆赶到医院时，老父的心脏已于半小时前停止了跳动。也就是说，他没能送老人家最后一程。心里懊悔，便号啕大哭起来，嘴里念叨：我如果早走一小时就好了……

他悲叹：做人难啊，真是忠孝难两全！

五

阳春三月的一天，扶贫工作队章队长和乡党委书记、乡长一道，驱车前往凤凰村检查指导工作。

在会上，柳一剑汇报："全村占人口总数的50%属苗族同胞，现有贫困户近30家，特困户9家，其他村民的日子也过得紧巴巴的。要真正带领全村乡亲们脱贫，走向富裕，过上小康生活，路途还十分遥远。但是，我们村支两委已多次磋商，反复论证，并经过慎重研究决定，在村上兴建天池苗寨，在搞农家乐、文化旅游上，做文章下功夫。村东面有红军第二方面军苏维埃政府遗址，当年，这里有红军发动建立的赤卫队游击队，文化底蕴深厚，只要稍加挖掘开发，开展红色避暑游，就能立竿见影。"

说到这儿，柳一剑停顿了一下，看了看在座诸位脸上的表情，见大家都愿意听下去。于是，他有条不紊地充满自信而又动情地说：咱们村离著名风景区仙女山不到 100 千米，可简易公路乘车到武隆县城，却需两个半小时的颠簸才能抵达。如果上级投资修一条柏油公路通县城，我们就把民俗村、文化广场搞起来。咱村上有自然的月亮湖、太阳湖，稍加打造，就能成气候，接待游客，可谓一块得天独厚的风水宝地。到那时，就会让人们看到凤凰村凤凰涅槃的新景象……

说到此处，柳书记还打了个比方，说仙女山是老牌的风景区，就像一块肥肉，游客吃腻了，而且消费不菲，总想换个口味。而我们如果把"天池苗寨"建成了，那就是一道美味可口、还可去油腻的新鲜蔬菜，消费不多，吃得不错。此话既出，大家频频点头，认为这个创意很好。与此同时，他还说："咱们村有天时地利人和的优势。如村主任的弟弟李长安的建筑公司，就是建民俗村的首选施工队，村里还有石灰窑和砖瓦厂，谁干不是干？只要走招投标程序，合理合规又合法，这叫肥水不流外人田，肉烂了在自家锅里嘛……"

柳一剑的一番陈词，像天上挂着的一个馅饼，又犹如一幅美丽的画。他大胆的设想会实现吗？在谈到施工兴建民俗村项目上，他能首先考虑村主任的弟弟，这就不是一般人能具有的胸怀、境界和气度。想缓解李长久心中的疙瘩，只是一丁点理由，最主要是想从扶贫的大局出发，把村民致富经好好念起来。他想，只要心结打开了，许多事情就好办了。

村主任李长久也在心里琢磨：今天柳一剑葫芦里到底卖的什么药？不是太阳从西边出来了吧？他为啥要扶持自己亲弟弟李长安的公司？干吗如此上心？这种让自己都难以启齿的话，却从他嘴里说出来，令人匪夷所思。难道柳书记是真心诚意帮助咱们？或许，这话里还藏着什么不可告人的秘密、玄机……

会议开得很圆满，章队长给予了充分的肯定，认为他们是在开动脑筋，脚踏实地，真心实意抓扶贫。其实会上，柳一剑还提出了动员外出务工青年回村搞建设，说扶贫先扶志。利用山地种植附加值高的农副产品，如苹果园、葡萄园，还可以种植猕猴桃、天麻、芍药等。几乎每个村干部都发了言表了态。就连先前对柳书记有成见的村主任李长久的态度，都来了个一百八十度的大转弯。他道："我完全赞成柳一剑同志的意见，这也是我们村支两委的共同想法，希望章队长、刘书记、罗乡长，在资金上鼎力帮衬，多多支持。该我们干的活，请领导放心，我们一定团结在柳书记、马书记周围，把活干漂亮！"

这时，柳一剑抬头友善地看了一眼村主任。心里想，这就对了嘛！说得好听点，是有肩负共同的神圣使命和责任；说俗点，咱们就是一根藤上的瓜，是甜是苦，心知肚明。

反正，打那以后，村主任李长久的态度转变了，特别是在市政府新修高速公路，从村里经过，涉及祖坟搬迁、青苗费赔付等重大事项的决策上，他没有固执己见，能有大局意识，同意上级和村支两委的决定。当遇到个别封建思想顽固不化的村民时，村支两委也能定人包户，做耐心细致的思想工作。村主任李长久率先垂范，先迁移自家祖坟，还能积极做疏通引导工作，使此项工作得以顺利推进。

六

章队长他们走的那天晚上，柳一剑又失眠了。

他在想，自己的观点，村集体的主张，村民的愿景，会不会是乡党委乡政府描绘的扶贫攻坚宏伟而美妙蓝图的一部分呢？会不会是纸上谈兵，会不会是自己画饼充饥，一厢情愿，会不会付之东流呢？但愿不会，因从中央到地方都在逗硬动真格，攻坚的序幕已经拉开，冲锋号已经吹响，不达目的，决不收兵。单就大规模委派驻村第一书记，这本身就是新中国成立以来的一个伟大创举，自己在工作上不能有一丝一毫的懈怠。于是，柳一剑在心中给自己立了一条"一天不拖沓，一天不懈怠"的扶贫攻坚精神。

他在想中国历史风云。回眸过去，曾有过盛唐的辉煌，几乎没有什么穷人，世界各国纷纷效仿，派使者到中国取经。纵观泱泱中华上下五千年文明，即使在战乱频仍的年代，历史遭遇了许多粉碎与重塑，文字与文化的传承，却从未因此而断绝。有过社会经济发展，黎民百姓生活富足的巅峰，也跌入过低谷。自中国共产党诞生那天起，处于水深火热之中的人民，前仆后继，奋力抗争，三千多万英雄豪杰流血牺牲，才打出了一个红彤彤的新中国，人民翻身做了国家的主人。从此，不再受三座大山的剥削和压迫，人人平等。但是，从厚重历史沿革来透视，事物从来都是在螺旋式上升和波浪式前进。由于运动接踵而至，风云变幻莫测，导致人民成了穷主人。改革开放，调整了中国特色社会主义的发展航向，才把国民经济从崩溃的边缘挽救回来，走上正轨，走向复苏，走向阳光。现在，是该旧貌变新颜的时候了。

然而，在气势恢宏的历史画卷、历史进程中让一部分人先富起来，虽在那个时代历史转折时期，对推动经济发展发挥了巨大作用，但并没有从根本上彻底解决人民走上共同富裕的道路的问题。

当二十一世纪第一抹晨曦初露时，国人猛醒，撑死胆大的，饿死胆小的，绝不是当代中国改革开放的历史发展主流。全面建成小康社会，才是十四亿中国人民久违了的愿景……

这些深刻道理，一直在柳一剑耳畔回响。他想，目前自己不就是在跟千百万扶贫干部一样，正从事着一项伟大的，令全世界瞩目的扶贫攻坚系统工程，一项史无前例，功在当代，利在千秋的伟大的壮丽的事业吗？！

武陵山区海拔较高，冬天下雪，有时下的是鹅毛大雪。北风呼呼地刮，天气寒冷，整个大山深处，被一层厚厚的、白茫茫的大雪覆盖着。

一天深夜，柳一剑正伏案赶写一份总结。忽然间，他的手机响了，是他妻子顾小菁打来的。她先是亲切问候："上次给你新买的保暖衣服穿上了吗？要多多保重身体。"随后，她又道："一剑，亲爱的，我好想你……"听到这儿，柳一剑心里不是滋味，眼帘湿润了。他分明从她含蓄的语言表达中，感受到她对自己的深深思念。于是，柳一剑说："小菁，亲爱的，我不在家，辛苦你啦！我下乡都一年多了，虽没干出惊天动地的大事，但我无愧于组织，无愧于时代。当下，我得把手里的活干漂亮。话又说回来，我们家的困难是暂时的，还能每月一歌。而长年生活在大山里的农民，比起我们的生活差远了，你懂的，鱼和熊掌不可兼得。"她道："好了好了，别贫嘴了，我知道了，你把工作看得比什么都重要……"

电话里，柳一剑有好些话没说出口，到了嘴边，又咽了回去。是呀，当他走进农家，亲眼看见无奈无助的空巢老人和留守儿童时，他的心都碎了。有的老人重病在身，卧床不起，在痛苦地呻吟和呼唤，孩子上学或玩耍，没有父母陪伴……回想那天他到赵大妈家访问，但见两间低矮陈旧的平房，屋里除了有两张老式架子床、一张四方桌、几根条凳及一台小彩电外，几乎再没有一件值钱的家具。自己家中，不说应有尽有，至少与他们家比起来，不知要好多少倍。

有一次，柳一剑回城度周末。妻子值班，他带儿子去少年宫练跆拳道。半路上，他看见一个衣衫褴褛的盲人老大爷在街边卧着讨饭，便叫儿子柳希希上前捐出 10 元钱，并对儿子说："希希，从小要有爱心，要懂得，帮助别人是幸福，被人帮助是温暖！"

希希抬头望了一眼他道："爸爸，我懂了。"

七

那是一个星期天，柳一剑没有返城度假。

白天，他走村串户，然后又围绕村里的太阳湖和月亮湖转悠了一圈，就像在守望自家的责任田，欣赏一幅最美乡村图。看近期怎样打磨，才能让它笑迎八方游客。晚上，柳一剑邀请毗邻的驻村第一书记王海和刘明到自己住处，就着村烧烤店买的一条烤鱼和自己制作的一碟油酥花生米，一盆小菜豆腐汤，喝起了老白干。

举杯把盏，开怀畅饮，互换驻村心得，好不痛快。酒过三巡，刘明道："我们哥仨，就像是《西游记》里的三个人物，即孙猴子、猪八戒和沙和尚。他们跟着师傅一路艰险到西天取经，而我们呢，则是到云上苗寨取经。"此刻，王海揣着明白装糊涂地打趣说："且慢，且慢，那，谁又是我们的师傅呢？"张明道："你明知故问，要不就是你悟性太差，那这师傅，自然是咱们工作队的章队长了！"

王海说："对对对,这个比方太恰当了。"柳一剑接过话茬道："不过，《西游记》是吴承恩的长篇神话小说，而我们则是一路风尘，把改变乡村面貌的理想，要变成现实的大活人。有了这番人生不凡的经历，将来返单位，这也是一笔记忆里永远储存的宝贵精神财富。"王海补充说："嗯，看来，还是柳兄，柳书记，肚子里比我们多几滴墨水啊……"

"哈哈哈……"直到深夜，情意甚浓的小聚才结束，好在没有一个人喝高，喝断片。

　　是呀，做人难啊！刘明、王海走后，柳一剑躺在床上自言自语："工作队章汉年队长容易吗？市卫健委副厅级巡视员，年近花甲，身体不算太好。可这次领受下乡扶贫攻坚任务后，他言传身教，廉洁自律，率先垂范，整天走村串户，搞调查研究，并多次在生产现场拍板解决棘手问题。生活上从不搞特殊，从不给乡镇干部群众添麻烦。还对工作队成员'约法三章'。又说驻村第一书记刘明，他的爷爷曾是将军，可他从不以红三代自傲，工作表现不俗。再说工作队王海，宝贝女儿不满三岁，其妻整天疑神疑鬼，与他闹离婚。这次下乡，他把女儿小静寄放到父母家就跑来了。工作上从不因家庭矛盾而受影响。还有联络员老郭等等，一句话，每个人都有自己的难处和苦衷，没有奉献牺牲精神，是完不成神圣使命的……"

　　第二天，柳一剑早早起床，穿着红黄相间的运动服，围绕湖边跑了几圈。此时，他看到一只山鹰在蓝天上飞翔，十几只水鸟在清澈的湖中戏水，好一派苗寨里的山湖晨景。于是，他用手机拍照并视频，晒到朋友圈。然后，他又在门前打了一套太极拳。这时，村支书老马匆匆跑来说："柳书记，昨天我在乡里开会得知，上级已同意拨款建村上幼儿园了，还给我们配了一名幼儿教师哩！""哦，历经艰辛，总算又为村里办成了一件实事。"柳一剑道，"那建敬老院的事有眉目了吗？"马支书答："刘书记和罗乡长都说了，由乡上统一安排，集资兴建，今年底破土动工，最迟明年夏天竣工。到时候全乡60岁以上的孤寡老人，就不愁没有依靠，没有晚年生活的保障了。此外，每个村，还将设置医疗点哩……"

柳一剑激动地连连说："好好好，这个消息，实在是太好了。"

近两年来，柳书记团结带领大伙儿，在脱贫致富路上干了不少实事好事。如凤凰村通往乡里的9千米水泥公路修通了，原来村到乡，坐汽车近一个小时车程，现在只需要10分钟。古色古香的民俗村，由原来养猪圈改建的文化广场，云上苗寨的太阳湖、月亮湖已打造完毕，开始对外接待游客，各种大小客栈、烧烤店、面馆、小卖部等早已星罗棋布地营业。与此同时，他还动员了村上16名在广东、上海等地的打工仔打工妹返乡创业，建设自己的美好家园。村上还成立了农副产品（如天麻、黑木耳、山药、核桃、干黄花、蜂蜜、挂面等）电商销售平台，综合服务股份有限公司，年底村民分红利。还引进了养鸡养蜂专业户。赵大妈的大儿子赵恒也从广东回来了，现是电商平台的销售骨干。此外，还有村上考出去的三名大学生，毕业后，在外有稳定的工作，居然也被柳书记疏导后义无反顾地回乡干事业，现在村上便民综合服务社工作。当有记者到此采访，一位女大学生毫不忌讳地说："在外千好万好，不如自己家乡好。俗话道，金窝银窝，不及自家的草窝嘛！"

柳书记对那位记者道："扶贫扶志很关键，精神扶贫，才是最大最长远的希望，山寨的年轻人，才是美丽乡村光明未来的主人。"

那开烧烤店的小邹，那开制面作坊和面馆的小常两口子，原来家里穷得叮当响，这些年靠外出打工挣钱养家糊口，是柳一剑动员他们返乡参加创业联盟，现在已脱贫，过上了小康生活。还有，村北何振华一家五口，前几年，他老婆嫌家里穷，一狠心撇下两儿一女跑到山外去了。经过两年多来的努力，老何在柳一剑他们的帮扶下，通过起早贪黑地诚实劳动，也脱了贫，三个孩子上学费用由城里一家爱心捐助基金会全包了。如今，他在办完土地流转手续后，已在民俗村买了两室一厅的商品房。柳书记经多方打听，多方寻找，多方协调做工作，终于使老何的老婆回来团圆了。这是何振华的一块心病，也是何振华以前的唯一诉求，现在，在柳书记的记事簿上销号了。有人打趣道："当年飞出山旮旯的金凤凰，又展翅飞回来啦！"

是日，柳一剑书记到乡上开会，路过小常的幸福面馆。小常看见后，非要拉他进去坐下，说什么也要请他吃碗自创的紫薯泉水挂面再走。这是乡亲的一片情意，柳一剑不便推辞。不大一会儿，小常的媳妇小崔，就把一碗热气腾腾的面条端到了柳书记跟前。他一边吃一边询问经营情况。小常道："去年秋天开业以来，红火了一阵子，现在是淡季，加之受疫情影响，待明年开春旅游旺季来临，生意一定不会差。"柳一剑发现碗底埋了三个油煎荷包蛋，就问："这是咋回事？"小常笑呵呵地说："你为全村、为咱们家操碎了心，莫怪，不成敬意……"此情此景，是任何文字都无法形容的。面对小常两口子，柳一剑眼圈有些红了，当然也有几分成就感。

小常两口子，之所以这样热情款待柳书记，是因为山水间，高低错落有致、古色古香、具有苗寨风情的民俗村连成一片后，楼上为村民的住宿，楼下为临街的门面。柳书记跟村主任和村支书商量后，给小常租了两间旺铺，一间做面馆，一间做制面加工坊。与此同时，还为他们免费添置了两台磨面机，使小两口感激涕零。

事隔不久，柳一剑刚从乡里开完扶贫工作队月度工作例会出来，他的手机铃声忽然急促地响起，一接，是村支书老马打来的。他心急如焚，语无伦次地说："柳书记，出事了……出大事了！"

柳一剑问："老马，别着急，你有话慢慢说，出什么事啦？"

"李长安在监督民俗村一工地施工时，屋顶掉下一根钢管，不幸砸中了他的头部，现在人处于昏迷状态，一个口子正在流血……"

"我知道了，人命关天，你立即派车送他去医院。我马上给县医院打电话，叫他们准备抢救，我现在就往医院赶。"

"现在人就在车上，正在赶往医院的路上。"

"那就好。"

李长久当晚赶到医院时，他弟弟李长安经医护人员的全力抢救，已脱离生命危险。当他走进病房，第一眼看到柳书记正在给他弟弟喂药时，他感动了，彻彻底底地感动了。村主任李长久十分激动，发自肺腑地说："柳书记，我的好兄弟，我要真心地谢谢你！马支书和医生都给我讲了，如果不是你及时给医院打电话，提早做准备，恐怕，我弟弟早就……"

柳一剑上前，对正在用衣袖抹泪的李长久说："好大哥，谢什么呀，这不过是我应该尽的职责……"

"唉，长安真是给你丢脸了。"李长久道。

"你老兄不必过分自责。谁家敢保证不会遇到点难事或意外，除非他是神仙。是人，要干活，都难免犯浑，只要深刻吸取教训，加强施工安全管理就行了……"柳一剑说。

李长久听完这一席话后，心潮起伏，久久不能平静。

八

光阴似箭，一眨眼，三年快要过去了。

今年，是多事之年，更是扶贫攻坚的收官之年，最后冲刺阶段，还有许多工作正在紧锣密鼓地进行着。实际上，凤凰村经过两年多的努力，已提前半年摘掉深度贫困村的帽子，挤进了富裕村的行列，人均年收入已突破两万元大关。如今苗寨"文旅扶贫"已呈现良好态势，村东面的红军苏维埃政府遗址已扩建落成，不久，将以庄严肃穆的雄姿，笑迎八方观光客。柳一剑书记清醒地知道，三年扶贫攻坚不是终点，而是新的起点，村民们将继续朝着更加美好幸福的生活道路迈进。

这天，太阳快要落进山垭口的时候，柳一剑从田间上岸，气定神闲地爬上最高的能俯瞰全村风景的人头山。他看见两山峡谷那一片绿油油的梯田，还有山坳上的杜鹃花、山茶花，还有那五颜六色叫不上名的花，就像一只偌大凤凰身上五彩缤纷的羽毛，而这人头山和对面的龙头山，犹如凤凰伸展的一双翅膀，正飞向更高的蓝天。此情此景，他又想起了五一国际劳动节的那天晚上，自己在村上组织的篝火联欢会上的即兴讲话："我是大山里走出来的孩子，是党和政府与乡亲们养育了我，在念高中和大学时，因家里穷，也曾得到过好心人的资助及恩惠。现在，我怀着一颗感恩的心，要把自己的青春、热血和智慧，奉献给苗岭山寨的父老乡亲……"

顿时，全场响起一阵阵雷鸣般的掌声。

从去年底起，世界风云变幻莫测，就没有清静过。美国与我国的贸易战还在延续，没有消停，想限制中国的经济发展，制裁中国，把中国妖魔化。正当老百姓准备欢欢喜喜过新年之际，又暴发了新冠疫情。非常时期，全国各地的城市乡村，也进入了严防死守的紧急状态，贯彻人民至上、生命至上理念。凤凰村自然也不例外，或多或少影响了扶贫攻坚的进程，使得柳一剑书记焦急万分。但不管怎么说，首先控制突如其来的疫情是当前的头等大事，其间，他和村干部做了大量卓有成效的工作，使全村没有一例疑似病人和确诊患者。

入夏以来，全国多个省市又遭暴雨袭击，水灾殃及不少当地老百姓。党和政府果断采取防洪抢险措施，控制水患，力争把人民生命和财产损失降到最低限度。在这方面，各省市、各县乡镇，都有自己的应急预案。

7月中旬，武陵山区连降暴雨三天三夜，整个凤凰村笼罩在大雨滂沱之中。一天晚上9时许，柳一剑书记接到县、乡防洪抢险指挥部的命令后，立即组织人力物力，冒雨前往村里的红星水库。当时的情形是：大雨倾盆，山体坍塌，水库决堤，洪水滚滚，浊浪滔天。顷刻而下的洪峰，像一群脱缰的野马，毫无羁绊。洪水迅速向低洼处冲去，眼看下游田垄两旁的农舍将水漫金山。说时迟，那时快，早一点堵住决堤口，就能减少经济损失和人身安全。柳书记向几十名抢险突击队员大声喊道："跟我来！"然后，第一个扛着铁铲，向大堤中央最危险的地带奔去。谁知，不大一会儿，他不慎脚下一滑，被猛兽般的洪水卷了进去，冲下了堤坝……

此刻，村支书老马一边高声呼唤："柳书记……柳书记……快救柳书记……"一边组织人员跳进洪水施救。当人们把柳书记救上岸时，他已处于昏迷状态……

当柳一剑醒来时，他已躺在县城医院的病床上。睁开眼睛，吃力地支撑起身体，半躺在床上问："老马，堤坝口子堵住了吗？那十几家农户的损失大不大？还有……"

老马打断道："抢险鏖战到第二天早上，拉了三车沙袋，终于把洪水泛滥的口子结结实实地堵住了。赵大妈等13户已安全撤离，并做了妥善安置，你就安心养伤吧！医生说了，叫你少说话，多静养。还有，柳书记，你晓得不，是李村长带领耿万才和另一个身体壮如牛的小伙子，跳进浑浊的激流，奋不顾身，硬是冒着生命危险，把你从洪水中救起的……"

柳一剑听到这儿，心里万分感动，他一字一顿道："老马，你瞧我，有多笨，大家都在抢险，我却躺在床上，还有，李村长，他……"

"你快别说了，柳书记，你笨不笨，我们心里有杆秤！"马支书讲这话时，眼帘潮湿了。

柳一剑住院期间，县上和乡镇领导及工作队的同事，还有村支两委班子成员、村民代表和他远在重庆主城的爱人顾小菁，也先后跑来探望。他记得最清楚的是两个人的话，一个是他爱人，一个是村治保主任陈顺贵。

妻子小菁深情安慰道："一剑，你大难不死，必有后福。要奋斗，就会有付出，这是你平常教我的道理。幸好你这次有惊无险，转危为安，要不然，我真不知……"

治保主任老陈有些懊恼，良心发现，他忏悔的话，又在柳一剑耳边回响："柳书记，那天晚上，你门前那条蛇，是我叫村民侯三捉来放的。当时，想杀杀你的威风，替自己出口恶气，我太自私了，千不该万不该，不该对你撒野啊。我有罪，我该死，你为全村老百姓操了心，我还……哎……咱山里人，眼界窄，心眼小，望你大人不记小人过……"

当时柳书记微笑着，轻松地一笑，说了一句："此事，我早就忘了。"其实，他在心里想，如果小肚鸡肠，心胸不开阔，就别当干部。

九

2020年底，眼看元旦的钟声就要敲响了。新年伊始，万象更新。柳一剑三年扶贫工作圆满结束，他被提拔为市里一家医院的党委副书记，主要分管医院宣传、共青团和扶贫办工作。

离开凤凰村那天，是冬季里少有的一个晴天。临行前，在村口那棵根深叶茂的黄葛树下，村支书老马和村长李长久与柳一剑紧紧握手，随后仨人紧紧拥抱在一起，难舍难分，泣不成声。这场景着实感动着前来送行的乡亲们。老马哽咽道："柳书记，太感谢你了，要不是你，我们的思想观念依然陈旧，更不要说改变穷山寨的面貌了。这几年，你的改革观点，超前思想，工作的前瞻性及务实的干劲，我深感不如啊！"柳一剑却谦逊地说："相互学习，优势互补嘛。"老马又说："我想好了，明年开春，我卸任后，准备推荐村支委耿万才当村支书，还是年轻人有冲劲嘛！"柳一剑问："这是心里话？"老马说："当然。"

紧接着，村主任李长久也抹泪道："一剑，你可是一剑封喉哇，我是个没啥文化的粗人，你刚来时，我没少给你出难题，找麻烦。可是，你心胸宽广，不予计较，反而咬定青山不放松。几年下来，带领大伙儿日夜操劳，使凤凰村的山青了，水绿了，人美了。离别之际，我向你真诚地道声，辛苦了，谢谢您！"柳一剑书记回敬说："应该的，谁叫我是扶贫的党员干部呢！只要村民们富了，我的付出也值了。"

柳一剑还说："长久兄，请你和老马放心，告诉乡亲们，我会再回来的，你们就是我的亲人，我永远不会忘记你们的质朴、厚道和善良……

柳一剑上了车，车徐徐开走了，渐渐地消失在山寨垭口，乡亲们才依依不舍地离去。此刻，赵大妈哭成了泪人。

坐在车上，柳一剑又想起一桩事，在送行的人群里，没有见到侯三的影子。据村支书老马说，三个月前，侯三已入佛门，当了和尚。柳一剑在心里自责：这不能不说是一个遗憾，是自己工作没做到位啊，但愿他在佛门净地，脱胎换骨，修道成佛！

前天上午，接替自己任驻村第一书记的汪海峰，是市作家协会办公室副主任。两人无缝交接时，柳一剑十分友好，且声情并茂道："老兄，凤凰村就交给你了。我基础没打好，往后还望你领衔担纲，把乡村振兴工作搞上去，抓出特色。坦诚地说，三年的融入，我对村民们已经有了很深的感情，要不是组织上的决定，我还真想继续干下去。不过，请你相信，我会找机会来看你的。"

柳一剑向汪海峰详细办理了交接手续和注意事项。

翌年春天，山花烂漫时节，柳一剑率领医院免费就诊医疗队进山，就连该院院长和党委书记都来了。他们给太坪乡卫生院捐赠了一批医疗器械及药品，还特意为凤凰村投资兴建了一个村民卫生室。

关于柳一剑下乡扶贫攻坚三年的故事讲完了。我知道，如今乡村振兴战略正在稳步实施，心里想，如果有时间，我一定会下去采访。兴许，会有更多的动听的故事，在等待着我去挖掘。柳一剑深有感触道："扶贫攻坚记忆刻骨铭心，非凡的阅历，对我的人生具有特殊的意义。只要你设身处地，俯下身来为村民服务，泥土就会绽放芬芳……"

一张可爱的娃娃脸

班组，是铁路企业健全肌体上的一个个细胞，麻雀虽小，五脏俱全。工班长，是兵头将尾，上级一切的指示精神，最终要在班组落地生根。班组，是前沿阵地，能否镇守一方平安，每个人的素质至关重要。因此，这次采风，郑万高铁新线建设介入组组长苏维寿，特意向我推荐了班组工作青年才俊、优秀团员唐志鸿。说他是一个有故事的人。他虽没有动车上列车员的光鲜，没有火车司机的神气，也没有车站工作人员出彩，但他有着默默无闻的无私奉献！

一

高铁时代，动车飞奔万里山川，必然有一支高、精、尖的技术团队做支撑。

辛丑金秋十月的一天，雨后初霁。怀着对高铁人的崇敬之情，重庆铁路地区作家作协采风组一行，慕名走进了驻扎在万州的

"重庆工电段郑万高铁新线介入组",探访高铁劳动大军的秘籍。当时分给我的采访对象是介入组通信专业副工长唐志鸿。

下午 3 时许,窗外,秋风瑟瑟;室内,暖意融融。刚从生产现场回来,还身着工装,头戴安全帽的唐志鸿,怯生生地走进了会议室。他刚跨进门槛,就双手合十,笑眯眯地抱歉道:"对不起,我来晚了,让您久等了。"我说:"不用客气,以你们的工作大局为重嘛。"我打量了一番,他,二十七八岁,中等个子,体格健壮,长着一张圆圆的、可爱的娃娃脸,皮肤偏黑;尤其是那一双不大不小的眼睛,显得炯炯有神,明眼人一看,就是一位十足的、充满青春活力的小帅哥。他给我的第一印象:啥事交给他办,心里准踏实稳当。于是,我夸道:"好棒哟!"小唐回应:"您过奖了!"

一阵寒暄过后,便言归正传。我一连问了唐志鸿好多问题,诸如老家是哪里?何时院校毕业?哪年哪月入职铁路?哪年到重庆工电段?又是啥时候到的新线介入组?对新线艰苦环境里工作有何体验和感受?等等。他望了我一眼,一脸的憨厚,想了想,像挤牙膏似的,慢条斯理地一一作答,生怕出现差池。他的精彩人生经历,着实令我感叹不已。

他说,他是农村长大,走出大山的孩子,父母双亲都是地地道道的农民。他们纯朴善良,老实巴交,为人忠厚。他家住四川华蓥市,就是影响几代人的长篇小说《红岩》书中所写的,双枪老太婆打游击、威震四方的地方。自然,地域得天独厚的红色基因,对他也有传承。他说,孩提时,自己很贪玩,整天沉迷于电子游戏，父母恨铁不成钢。一直到读高中，他才渐渐懂事，才知道发愤努力学习。

他毕业于"酒香之城"的宜宾职业技术学院通信专业。工作后，为了拓宽视野，增长知识面，又在西南交大进修了本科。2015年7月，经过中国铁路总公司成都局集团劳卫处严格笔试面试，一路闯关合格后，入职铁路。他倍加珍惜这份工作，先是被分配到成都通信段北碚通信车间渠县通信工区。2018年，为顺应国家富民强国战略，高铁形势发展的需要，铁路企业朝着纵深改革。根据成都铁路局的命令，组建重庆工电段。当他听到这个消息后，心情异常兴奋和激动，经过慎重考虑，就主动请缨，要求调往新单位工作，意在趁人还年轻去搏一把，以实现自己护卫高铁线路的梦想。

"世界是你们的，也是我们的，但归根结底是你们的，你们青年人朝气蓬勃，就像早晨八九点钟的太阳，希望寄托在你们身上。"这是毛泽东同志当年一段精辟而富有极其深刻哲理的论述，他激励年青一代一定要勤勉学习，努力奋斗。

与此同时，成都铁路局迎来一条崭新的高铁线路——郑万铁路这条高铁线路从北向西，斜贯河南、湖北、重庆三省市，北起河南郑州，西至重庆万州，设计时速为350千米。全程818千米，其隧道30座、桥梁35座，桥、隧占总里程数的90%，堪称世界高铁之最。换言之，动车风驰电掣地穿梭在崇山峻岭、沟壑峡谷之中，想见到蓝天白云，都是一种奢侈。此线的开通，标志着中国高铁网络第一条通向大西南的最高等级铁路，它将是重庆直辖市另一道亮丽的风景。以后广大旅客出行，从万州至郑州，将由现在的八小时缩短到四小时，到首都北京，也将减少两个小时。

到那时，巴渝蜀道不再难，天堑变通途。如果诗仙李白、诗圣杜甫在天有灵的话，也定会惊叹不已，灵感敲门，赋诗若干，盛赞中国这美好的年轮。

就重庆工电段新线建设介入组而言，主要担负202千米线路设施设备的养护和维修重担（包括工务、电务、供电一体），确保旅客方便、安全、快捷、舒适乘坐。为了打胜打赢这场攻坚战，工段决策层及时抽调各路精英150名，组建介入组，开拔万州，唐志鸿就是这个优秀团队中的一员虎将。

二

一位哲人曾讲过："人，是生产力中最活跃的因素。"

"领导信任关爱，把我们当成宝贝疙瘩；工友们鼎力支持帮助，干起活来，我浑身上下都有使不完的劲。我是工长的参谋和助手，带领大家认真履行工作职责，再苦再累，也心甘情愿。一个人总得讲良心吧，头头们对我们好，我就得把活干漂亮，以此回报。"这是唐志鸿掏心窝子的话。

时下有句顺口溜："领导把我当人看，我把自己当牛看；领导把我当牛使唤，我却要把自己当人看。"由此可见，干群关系显得极其重要。

阳春三月，重庆工电段郑万高铁新线介入组，拉开了大战的序幕。作为被组织上抽调派到介入组的一员，唐志鸿早就做好了到新线吃苦的思想准备，他心无旁骛，义无反顾，面对大山深处恶劣的工作环境和艰苦的生活条件，从不拉稀摆带，从容应对。他认为，只有奋斗的青春，才是最美丽的，也才是最有价值的。人，毕竟不是昆虫，是有思维有灵性有感情的高级动物。自己选择的路，就要去一步一个脚印地走下去。

工长和他整天率领工友们起早贪黑，挎着沉重的工具包和检测仪器，风雨无阻，奔波忙碌在新线上。有的线路区段不通汽车，他们就徒步走区间，细心检查调试每个点的通信设备设施。有时为了赶工作进度，午餐常常简单凑合，喝点矿泉水，吃点面包蛋糕之类的小食品充饥。有时也到当地好心的村民家中，花钱撮一顿，顺带做点护路宣传。总之，工作比较辛苦，也比较累，说不苦不累，那是胡扯蛋。有时一天下来，腰酸背痛，脚炮手软。可唐志鸿道：我们就是再辛苦，也没有当年兴修这条新线的建设大军们辛苦。一个人想干出点名堂，就应像先辈那样，劳其筋骨，苦其心智，空乏其身。

记得是盛夏的一天，烈日炎炎，热浪灼人，钢轨温度高达52摄氏度。唐志鸿副工长领着两名小师弟，任务是去沿线检修好几个点的通信设备。上午穿隧道、跨桥梁处理完几桩设备后，大家都累得不行了，豆大的汗珠在每个人的脸上流淌，工装湿了又干，干了又湿。可是，还有三个点没有走到。他征求二位工友的意见："你们是否有信心，下午咱们接着干？"没想到二位小师弟异口同声地回答："只要志鸿师兄不怕中暑，我们就豁出去了。"当天，他们冒着酷暑，圆满完成任务后，才拖着疲惫的身躯收工，到宿舍时，已是掌灯时分。夜幕上的月亮、星星出来了，他们的身心疲惫仿佛消去了很多。

也就在当晚，段工会主席和分管副段长一行驱车，风尘仆仆来到了介入组，给他们送来了不少慰问品，如西瓜、藿香正气水、风油精等，介入组食堂，还特意熬了一大锅清凉解暑的绿豆汤。唐志鸿说："每到关键时刻，段领导总会嘘寒问暖，并带来物质奖励和精神动力，说我们辛苦啦！"他继而道："吕勇副段长每次到工区来检查指导时，板着脸，瞪着眼，工作要求十分严格，甚至是苛刻。可工作之余，他和蔼可亲，平易近人，从不摆官架子，与工友们打成一片，是我们的贴心人。有时，他还自己掏腰包，给现场挥汗如雨干活的工友买方便面、矿泉水等。我和工友们就佩服这种领导，就是拼命也干。"从他朴实无华的字眼里，我真真切切地读懂了，什么叫博爱大爱，什么叫爱兵如子，什么叫人间真情。

那些想叫马儿跑，又不想喂马儿草的管理者，只会遭到工友们怨恨和唾骂。

工余之时，小唐爱跟工区小青年们摆龙门阵，说自己现在的手艺，都是原来在渝达线渠县通信工区时，跟工长余虹学的。他是我师傅，常教诲我要动脑子干活。他说技术活，不能盲目蛮干。不怕干活出错，就怕不干活，既然要干活，事先一定要弄清楚处理各种故障的操作规则及动作要领。这是他的严谨工作态度及诀窍，"我把它当成座右铭。"老线设备老化，超期服役，设备故障频发，余工长先后两次带我到渠县站、临巴溪站处理设备故障，使我从中悟到不少道道，说到底就两个字：认真。

通信，素来有"千里眼、顺风耳"之说，也可以说是高铁动车风驰电掣般飞奔的中枢神经，容不得一丝一毫的差池。如果不能保证设备良好运行状态，就无法保证列车的安全畅通。

唐志鸿还说，现在他们有幸到高铁线路工作，这可不是儿戏，维护维修动车高速飞奔的线路通信设备，质量参数要求更高。差之毫厘，失之千里，一个参数错误，板件故障，如果没能果断处置，就可能导致车毁人亡的重大事故，给国家经济和广大旅客生命带来巨大损失，就可能一失足成千古恨。"我们年青一代的高铁人，恰逢盛世，时不我待，必须打起百般精神，勇于担当，责任重于泰山，迎接各种机遇的严峻挑战。就是我国铁道之父詹天佑转世，目睹到我们今天对技术精益求精的态度，也会感到万分的欣慰。"小唐讲这番话时，显得非常自信和富有朝气。

当我把话锋一转，有意提及小唐的家庭和个人问题时，他低垂着头沉默了好一会儿，然后有几丝苦涩地一笑道："这个话题有些沉重，讲来话长。"

三

男大当婚，女大当嫁。这是人生自古以来的终身大事。

唐志鸿说，那是入职铁路不久的一个双休日，他返家探望父母，二老焦急，想抱孙子，传宗接代，说村里跟他年龄一般大的娃们，都一个个结婚生子了，便托红娘在当地给他说了一门亲事。第二天是个星期天，他不敢违背长辈的命令，就急匆匆地跑去相亲。对方是一个民营企业的财务会计，五官端正，眉清目秀，有几分姿色。两个人比较般配，彼此见面后，第一感觉良好，便留下了联系方式。

恋爱期间，正值唐志鸿负责万州北站通信机械室的设备整治工作，忙得火烧眉毛，因为每天"开夜车"，白天起床要安排晚上的工作，制定详细的计划，审核与对接计划都得妥善安排时间，必须时刻紧盯设备的运行状况，并做详细记录，针对故障及时研究处理的对策措施。所以，那段时间，他很少给女朋友打电话，即使打，内容也极其简短，一点没有花前月下的浪漫。这样一来，就造成了对方的猜忌，不知道他在铁路上干什么神秘工作，感到纳闷不理解。他俩交往不足三个月，女方觉得他在异地工作，又实在太忙，见面交流机会少，不合适，就借故提出与他分手。

当时唐志鸿感到太突然，心里难过了好一阵子。接连几天，他都没回过神来，心里感到很憋屈，也悄悄躲在被窝里哭过。这是为什么，为什么呀，这究竟是为什么呢？难道工作与爱情，就真的不能兼顾吗？可转念一想，哪个姑娘愿意嫁给一个天天不着家的男人？他心里想，一厢情愿，强扭的瓜不甜。就这样，一场恋爱以失败而告终。但是唐志鸿很快从情绪的低谷中振作起来。心里想，为了高铁尽快开通，牺牲点个人利益不算啥。我就不信，自己找不到一位志趣相投的好姑娘。

由于他和同事们几十个日夜的艰苦鏖战，他全权负责的通信机械室，有条不紊，一丝不苟的整治工作，成绩显赫，成果斐然，受到路局检查组的一致好评。

唐志鸿打算，这几年暂时不考虑婚姻的事，趁着年轻、精力充沛，多干点事业，多学点知识和手艺。去年春节，他在工区值班，坚守岗位，一直到大年初六，他才回家与亲人们团聚。这一次，父母又托人给他介绍了一位姑娘。

约的是大年初七与女孩子见面，这次唐志鸿特别小心谨慎，吃一堑长一智嘛。他当着姑娘的面，把该说不该说的话，都一股脑儿地吐了出来。他不想造成像上次一样的误会，不能欺骗女方。他坦诚道："我在铁路上工作，半军事化的工作性质，决定了我不能常常回家，你要有足够的思想和心理准备，世上可没有后悔药哟。即使将来咱俩成了婚，也会是两地分居，聚少离多。"女生小贺，是某师范学院的毕业生，亭亭玉立，十分文静，矜持腼腆中也带有几分开朗，在家乡一所小学校任教。她听罢小唐的描述，非但不反感，反而认为，这是一位可以托付终身的、顶天立地的男子汉。她面带羞涩地说："看得出，你是一个上进心很强的人，也是一个对女友负责，把丑话先说明的人。我讨厌欺瞒，讨厌油腔滑调，华而不实，满口跑火车，不靠谱的人。我就喜欢你这种直心肠的人。"当晚回家，她父母听了小贺的叙述，也很是满意。

"你俩计划何时结婚？"他喜形于色："快了，快了，等明年郑万高铁线路正式通车，我们就举行婚礼，这样更有纪念意义，你说对吧！"他还说，"眼下我们正在加班加点，倾力打造奉节站标准化、信息化通信机房。据说下个月，路局领导及专家组要在此召开现场会，我们不得不把手里的活儿干漂亮。辛苦点值得，受到上级肯定，我和工友们就有了成就感和荣誉感。也许，我今生干不出惊天动地的大事业，但能为高铁动车的驰骋贡献微薄之力，就是我的荣耀！"

此时，我陡然发现，唐志鸿这张娃娃脸更加可爱了。这是一张有着血性而又睿智的娃娃脸；这是一张重情重义而又懂得感恩，忘我奉献高铁的娃娃脸；这是一张能心系祖国和人民而又体现中国人志气豪气的娃娃脸。从他身上，我仿佛看到了伟大祖国高铁时代的光明未来，他和他的工友们，不愧是新时代日夜坚守钢铁大道的守护神！

神奇的"海扶刀"

一个人，在物质生活得到满足之后，对健康生活质量的需求，就越来越高，甚至可以用强烈来形容。当一个人生病，尤其是女性子宫患上疾病的时候，她是多么希望能最大限度地减轻手术的痛苦，而得到良好的治愈啊！如今，神奇的"海扶刀"就解决了这个问题。

阳春三月，山城春光明媚。一天，文友老王给我打电话，邀我去重庆海扶医院，说那里有一项全国领先的医疗技术值得宣扬。他把话说得很肯定，说我去后一定会非常感兴趣。在此之前，他给我来过好几次电话，由于当时我另有采访事宜，故没有前往，一直延迟到今日。当时我在心里想，真有那么玄乎吗？女性得了子宫肌瘤，不用开刀，就能治好，你信吗？反正，当时我是半信半疑。

在乘车去的路上，他又不无激动地介绍，这项革新技术是原创，也是令全世界医疗战线关注的一项高科技医疗手段，当年研发之初，临床实验成功，受到中央政治局委员李长春的首肯。并要求发明者，重庆医科大学翘楚王教授团队继续抓好这项科研，不断推广新技术。我说，你手机上发过来的相关资料，我已阅读过了，你不用多费口舌，耳听为虚，到时眼见为实嘛！

重庆海扶医院位于照母山下，掩映在苍翠的森林之中。出迎的是该院运营部主任李镜和医生助理曾晓华。在底楼大厅右侧，一幅以蓝色海洋为背景的大型水银壁画映入眼帘，一群又一群似蝌蚪一样的小生命，正在游向左边如女性子宫的象形图案。在医院一至三楼，透过一张张生动的图片和影像资料，李主任较为详细地介绍了"海扶刀"诞生、发展及神奇的医疗过程。在楼道里，我们还看见一男一女两位患者，正坐在椅子上候诊。

在国家超声科技研究中心，一位医生在手术台上，向我模拟了治疗新技术运用的全过程。一把没有刀柄，像一颗闪亮的小锥子模样的海扶刀，刀尖在经过特殊处理的水槽中肆意游动，真的犹如一颗晶莹剔透的银色精灵。我惊讶道,这就是手术刀？太神了吧！医生告诉我，对，就是这个精灵，在高温下，在不损伤外部皮肤的情况下，瞬间瞄准，逐一融消体内肌瘤的病灶，而且其他细胞组织毫发无损。

此行我最大感受是，这是一项关爱女性生殖健康，量身打造的专门新型技术。在一阵惊讶过后，我又慨叹道，这简直是太神奇了。李镜主任绘声绘色地描述说，目前这项新技术领跑世界，已有十多个国家到此地观摩学习，且实验成果颇丰。她还说，目前，海扶医院规模不大，拥有140多名医护人员，医院只有 35 张床位，但每年医治患者上千人。

究竟何为"海扶刀"？资料显示：海扶刀，是海扶医疗研发的，聚焦超声肿瘤治疗系统的产品商标，其利用聚焦超声技术治疗原理，该原理是将低能量的超声波进行聚焦，形成一个高能量的焦点，温度可达 60 至 100 摄氏度，同时发挥超声波固有特性——热效应、空化效应、机械效应等；对靶组织形成凝固性坏死，达到治疗的目的。这是一种非入侵性的治疗方法，不用开刀，手术没有任何创口。

一台全新的海扶刀医疗设备，打个比方，就是隔山打"瘤"。具体讲，就是聚焦超声，融消病灶，手术无须麻醉，不用刀，不流血，不伤皮肤，不留疤痕，就能顺利消除子宫肌瘤。目前，这项新技术，不仅对治疗子宫肌瘤有特效，而且对医治乳腺癌、肝癌等十多种疾病也有显著疗效。一句话，它是子宫肌瘤的"克星"。用一位女患者的话说，手术不疼，手术后两小时，就可以下床走路了，卧床观察三天后，就可以轻松出院了。这真是咱们妇女患者的福音啊！

关于海扶刀的得名，我没作过考证。顾名思义，大胆猜测：海，就是指浩瀚的大海，妇女的子宫，像偌大的一片海域，是孕育新生命的海；而扶字，则是指健康海域一旦出现病变，就由此项技术去驱逐，挽扶患者，走出困境，奔向阳光生活。

他们是怎样秉承"医者仁心"的理念，刻苦钻研这项革新技术的呢？带着这个疑问，我在众多的资料中找到了答案。

有道是，任何一项新科技，都有一个艰辛的创造过程。早在 1988 年，海扶刀第一发明人王智彪，在超声波领域，经过长期不断探索，反复琢磨，反复实验，终于获得了此项新技术。首台海扶刀设备，总设计师王芷龙团队，经过长达十一年的精心设计打造，使此项新技术逐步成熟起来。在二十多载的艰苦历程中，目前已为世界上 17 万患者解除了手术的痛苦。据悉，海扶刀第一台原创设备，已被中国国家博物馆收藏。截至目前，已有 20 多个国家的医学人士，到中国海扶刀研发中心参观学习，并建立了互联网远程交流手术视频的友好往来，也就是说，眼下这项原始创新技术，已在全球广泛运用。

在建立研发工程中心的过程中，重庆海扶医院不仅得到重庆医科大学人力、物力和财才的鼎力相助，而且还得到了重庆市党和政府的高度重视。前不久，习近平总书记视察重庆工作时，在市委陈敏尔书记的陪同下，还专门到该研发中心进行参观，给予高度评价。

在研发中心，媒体人徐庶跟我讲了许多有关宣传海扶刀的事，也传递了不少信息。十年前，海扶刀聚焦超声肿瘤治疗系统荣获国家技术发明二等奖（一等奖空缺）。他还说，目前，海扶刀设备已取得全球 41 个国家和地区的市场准入，出口 28 个国家和地区。

海扶刀的神奇，笔者用文字进行了扼要的叙述，它究竟有多么神奇，只有亲身体验过的人才会认识深刻。总之，我认为一个新生事物，一项新技术的出笼，人们都得有一个认知的过程。这项新技术，是咱们中国人自主创新研发的技术，可喜可贺，值得国人引以骄傲和自豪。

最后，我祈愿神奇的海扶刀，为中外妇女患者，作出新的更大的贡献！也企盼该院广大医护工作者，在这个新的领域，铸就新的辉煌！

第二辑

再次唤醒沉睡的大凉山

朋友，你乘坐过蓉城成都至春城昆明的火车吗？你也许乘坐过。可你是否知道，如今，为满足广大旅客出行快捷、安全、舒适的需要，正在修筑一条成都至昆明的复线快速铁道？一群铮铮铁骨的汉子，满怀激情开拔到地势偏僻的大凉山，与山为伍，以苦为乐，战山斗水，用勤劳、勇敢和智慧，破解一个个打洞架桥的世界级筑路难题。现在我带你去中铁十六局，成昆铁路峨眉至米易第七标段项目部看一看……

——题记

引 子

"路漫漫其修远兮，吾将上下而求索"这诗句出自屈原的抒情诗《离骚》中第 97 句。原文的意思是：道路又窄又长无边无际，我要上天下地去寻找心中的太阳，表达了屈原"趁天未全黑探路前行"的积极求进的心态，现在一般引申为不失时机地去寻求正确方法，以解决面临的各种难题。

本篇引用，自然有其深刻的寓意。

这是春暖花开的一天，准确地说，是吉新隧道贯通的前夕。我的文友，成都铁路局集团融媒体中心驻重庆记者站站长、路局作家协会新上任的秘书长傅世坤，在电话里征求我的意见，问我想不想，愿不愿意，感不感兴趣，到成昆二线走一趟。据说，这条线预计年底通车，现在各路铁军正在挥汗如雨，如火如荼地日夜鏖战。我爽快地回答，好哇，最后冲刺阶段，我们去饱含激情，纵情讴歌筑路壮士英雄，是一个铁路作者义不容辞的天职嘛，我不能缺席。于是，当采风组具体时间和行程确定后，我便跟其他六位作家和两位摄影大师，一块儿踏上了漫漫的采访之路。

领衔挂帅出征的是当年抗美援朝战地记者、修筑老成昆铁路铁道兵十一师老战士、现已是九十高龄的著名作家孙贻荪。他身体硬朗，精神矍铄，满面红光。谈及峥嵘岁月，激动不已，心潮澎湃。分配给我的光荣而艰巨的探访任务，恰巧是他曾经战斗过的铁道兵十一师，现在的中铁十六局集团公司下属的第二工程有限公司，新成昆铁路峨眉至米易第七标段项目部。该项目经理部，主要担负着全线地质结构最复杂的第二长隧道，任务最艰巨的吉新隧道及两座桥梁的施工建设任务。斯时，我在心里想，勇敢而智慧的筑路人，再次唤醒沉睡的大凉山，是在为人类造福祉。如果这次能以艺术而真实生动的文学创作形式，描述劳动大军的崭新精神风貌，无疑是一件功德无量的好事、善事。

在蓉城集结、出发的前夜，成昆铁路建设有限公司综合管理部副部长黄培书，理直气壮地讲：20 世纪 60 年代，铁道兵40 万大军，在大凉山修筑第一条成昆铁路，创下了"世界三大奇迹"之一，并留下了一笔宝贵的精神财富。而今朝，铁路建设者们又在修筑第二条成昆铁路中，继承和发扬老成昆铁路精神的基础，续写新的传奇，谱写新的华章。本次采风活动，旨在邀请诸位作家，浓墨重彩地为他们树碑立传……

当时，我在想，成昆二线建设，真有黄副部长说得那么好？往昔兴建成昆线，筑路人面对环境恶劣，条件艰苦，风餐露宿，披星戴月，艰苦创业。如今现代化、智能化、机械化作业程度高，不至于像以前几乎靠人工土方掘进作业吧？

嗨，管他呢，去了，亲眼看见后就知道了。我在心里说。

第一章　溯源历史

【传承红色基因，自 1952 年，一条由中国人自主设计修建的新中国第一路——成渝铁路建成正式通车后，中华大地掀起了多条铁路建设的新高潮。1958 年，成昆铁路随着开山的隆隆炮声，宣告破土动工。】

这是一片辽阔的地域，

这是一块红色润育的沃土，

这是一条神奇的钢铁大道。

1

"噫吁嚱，危乎高哉！蜀道之难，难于上青天。"这话是诸葛亮曾通过蜀道与魏国交战，李白借此怀念古人，怀想当年战况惨烈，哀鸿遍野，百姓民不聊生。作者重提旧事，表面上是感叹蜀道这块地方交通不便利，实则还隐含着对社会的一种思绪。

如果你真想知道修筑成昆铁路一线二线的艰辛，那么就必须对其历史背景、历史沿革，有一个比较明朗的了解。否则，你就无法客观而真实地看待成昆铁路建设。在四川省凉山彝族自治州，到处都有当年红军播下的红色种子，并生根、开花、结果。

1935年，红军总参谋长刘伯承与四川冕宁彝族果基家支有声望、有影响的首领小叶丹歃血结盟，建立了第一支少数民族地方红色武装的红军果基支队，坚持与国民党反动派做斗争、誓死捍卫红军授予的"中国夷（彝）民红军沽鸡（果基）支队"旗帜。1942年6月18日（农历五月初五），小叶丹遭到被国民党收买的彝族罗洪部落武装伏击身亡。2009年，小叶丹被评为"一百位为新中国作出突出贡献的英雄模范人物"。

小叶丹为革命壮烈牺牲了，可他的精神，他的英雄事迹，却永垂不朽，世代传颂。这是因为，当年革命处于低潮，红军队伍既要与围追堵截的国民党反动派做斗争，又要克服和战胜重重恶劣的自然环境。红军路过此地，他深明大义，功不可没。

此行，路过越西时，我们下车瞻仰了一幅彝族同胞送儿女参加红军的土红色雕像。雕像下方的大理石基座上写着一段感人至深的话，大意是，1935 年中国工农红军路过凉山州越西县时，建立革命根据地，组织游击大队，深得民心。后因斗争形势的需要，红军撤离时，彝、汉青年 700 多人，踊跃报名参加了红军。

遥想当年，铁道兵从朝鲜战场凯旋后，将士们身上的硝烟还未散尽，就又全身心地投入祖国恢宏的铁路建设的洪流中。以铁道兵十一师为例，他们转战南北，曾创下过不少辉煌战绩。后来，他们接到党中央、国务院的命令，奔赴大西南修筑成昆铁路。于 1960 年夏季，正式开拔到天苍苍，野茫茫，人烟稀少的大凉山。当时他们面临的困难是，地形地貌复杂，气候环境十分恶劣，机械设备奇缺。难怪外国专家戏言，在荒原上修铁路，是"地质博物馆"，想穿越"铁路禁区"，简直就是痴人说梦，天方夜谭……

然而，一不怕苦、二不怕死的广大铁道兵指战员和数以万计的民工，以"为有牺牲多壮志，敢教日月换新天"的豪情壮志和拼命实干加巧干的精神，在激情燃烧的岁月里，经过长达十年的奋斗，克服天然屏障，使途经四川盆地、横断山脉、云贵高原的成昆铁路正式建成通车，投入运营，极大地缓解了当地人民群众出行不便的压力。虽然牺牲巨大，可毕竟创下了人间奇迹，并留下了宝贵的"成昆铁路精神"。

2

厚重的历史沉淀，必然昭示后来者，向着更加美好的未来挺进。

在驱车前往采访点的途中，成昆铁路公司，长得帅气的小车司机小陈介绍说，修筑成昆二线的工人们确实非常辛苦，常年居住在山坳的板房里，白天干活，晚上寄宿，有时抢工程进度，晚上也要加班加点。当然，比起当年修老成昆线的铁道兵，住帐篷、住窝棚，还是要好得多。但不管怎么说，工友们的默默无闻、无私奉献的吃苦精神，值得我们晚辈很好地学习。紧接着，他还说，公司有规定，凡轿车去工点出差，只能开到项目部接洽工作。为了安全起见，不准开到现场施工地点。尤其是逢雨天，简易公路道路泥泞，就算是项目部的越野车，爬坡上坎都很吃力。

十里不同天。这是当地老百姓对大凉山气候变化的说法。我们从成都通向冕宁的途中，就领教了气候的变幻莫测，一会儿刮起冷飕飕的风，一会儿下起淅沥沥的雨，一会儿是群峰笼罩在一片白雾之中，一会儿又是太阳当空，气候反差太大。真可谓是，东边日出西边雨。

随后，小陈师傅还给我们介绍了当地彝族过节的盛况。他津津有味地说，彝族的传统节日有火把节、跳公节、花脸节、补年节、庆年节等。火把节是彝族最盛大的传统节日，举办的时间在农历六月二十四日。过节那天，家家户户张灯结彩，或杀猪宰羊，或亲朋好友聚会，或跳着欢快欢乐的彝族舞，人们沉浸在一片欢乐的海洋中……

一路上聊着天，不知不觉间，车就驶入冕宁县境内，当时已是正午时分。我们一行顾不上吃饭，先到邓家湾隧道，实地观摩了大型机械施工作业，只见上百人正在井然有序、挥汗如雨地劳作。

了解基本情况后，我们就下山来到冕宁火车站，但见当地不少身着彝族服饰的同胞，正在候车室内外候车，几乎每个人都携带很特别的行李，诸如背篓、竹篮、竹筐，里面装的是鸡、鸭、鹅，还有刚孵出不久的小鸡仔、小鸭仔等。由于语言不通，经工程局的向导介绍，他们这是准备乘惠民的绿皮列车，到下一站的市场进行交易，换取人民币，而后购置生活必需品，下午再乘旅客慢车返家。

由此可见，他们对铁路大动脉的依赖和对现在修成昆二线的渴望。

据悉，此次成昆铁路复线修建，是国家西部大开发重点工程建设项目之一，也是国家"一带一路"建设中，连接南亚、东南亚国际贸易口岸的重要通道。项目是并行于既有成昆铁路进行扩能改造，新增建的快速铁路，北起四川成都市，南至云南省昆明市，采取分段施工的方式进行大规模建设，全长 860 千米。竣工后，复线比既有成昆铁路 1096 千米缩短 236 千米。成昆铁路复线开通运营后，从成都到昆明的普速列车运行时间，将由现在的 19 小时缩短至 6 个小时左右，将大大促进沿线城市经济社会发展，助力乡村振兴。

我要去采访的吉新隧道，位于四川省凉山彝族自治州甘洛、越西两县境内，正洞全长 17.607 千米，其中，中铁十六局集团承建进口端 11.25 千米施工任务。隧道穿越复杂地貌，施工运输条件万分艰难。据该局集团成昆铁路第七标段项目部经理齐永立介绍：该隧道所穿越的 1620 米白云岩砂化富水段，为国内隧道施工罕见，属成昆铁路复线最长、砂化破碎程度最严重的隧道，堪称"在饱水流沙中穿行的隧道"……

担当此重任的该项目部经理齐永立和党工委书记布新功，是两个不可小觑的灵魂人物，曾经是一对老搭档。从 2017 年 9 月和 2018 年 3 月，他们相继奉令前来，硬是带领 73 名（注：包含 23 名党员和 18 名团员）工程技术的精兵强将，在半山腹地（注：过去是当地冶炼厂的一块儿荒芜的空地）上，安营扎寨。至于他们到底突出和优秀在哪里？请虔诚的读者，耐着性子，接着往下看。

3

在莽莽大凉山，在崇山峻岭、高山峡谷，建造一条新成昆复线铁路，是何等的艰难啊！在蓝天白云下，我怀着对筑路人无比崇敬的心情，徜徉在隧道龙腾虎跃的建设工地，我的心好似一直被谁揪着，如果我不能为他们写点什么，心里会感到十分的不安。

要想富，先修路。火车一响，黄金万两。这是当地老百姓的深切体会，新建成昆二线，更是他们的美好愿景。

朋友，你想知道，修筑成昆二线，投入多大？给当地老百姓会带来哪些福祉吗？带着这些问号，我查阅了相关资料。

随着我国改革开放的不断深入，经济社会的不断发展，人民对提升生活质量生活水平，又有了新的需求，而气势恢宏的西南铁路建设，正是为了解决祖国东西部发展不平衡的问题。除国家对外实施开放政策战略外，其另一个根本目的是为了给当地老百姓提供安全、快捷、舒适的交通。新成昆铁路峨眉至米易段的扩能改造工程，正是为满足大众特别是彝族人民出行的迫切需求。应该说，这条线路是祖国大西南掀起大规模铁路建设新高潮的一个聚焦点之一，势在必行，刻不容缓。

有资料显示，该工程自成都峨眉站向南，经沙湾、峨边、金口河、甘洛、越西、喜德、西昌、德昌，接米易站。属国家一级，双线电气化铁路，设计时速为每小时160千米，全长386.3千米。其中路基90.082千米，桥梁140座/84.875千米，隧道52座/211.377千米，站房18座，桥隧比77.5%，联络疏解线全长9.2千米，总投资440.5亿元。

2013年8月，项目立项；

2014年9月，可研报告批复；

2015年7月，初设计批复，批复施工组工期78个月；

2014年12月，越西至甘洛先期段开工；

2016年，全线站前工程开工。

从上述一组翔实的数据看，从立项、设计到施工，着实经历了一个较为漫长的过程，可这都是国家重点工程开工前的必备程序，少一个环节都不行。从这里不难看出，这些过程，倾注着决策者、谋划者和设计者们的独具匠心。

因此，上级要求，务必将这条线打造成"和谐线、生态线、幸福线"。

这是一项浩瀚而气势恢宏的民生工程，国铁集团和成都局集团，先后调集了中铁八局、中铁十局、中铁十六局、中铁二十局、中铁二十一局，以及中铁隧道局等参建大军，以"大兵团"作战的态势，实施分割围歼的方式，对不同标段、不同战役，同时展开新成昆铁路建设大会战，这真是大手笔啊！国铁成都集团成贵（昆）有限公司，则担负着对各参建单位的组织领导、组织指挥、组织协调的重任，旨在督促届时圆满竣工。

中铁十六局集团公司中标吉新隧道，领受光荣、艰巨而繁重的任务后，决策层就对管辖的二公司进行先期部署，要求二公司调兵遣将，组成第七标段精干队伍，奔赴大凉山。之后，集团公司和二公司，几乎每月都要派员到项目部检查指导工作，不准在"大兵团"作战中拖后腿，掉链子。

他们现场拍板，解决疑难杂症，确保施工中的安全、质量和进度。

第二章　忠诚担当

【唤醒沉睡的大凉山，需要继承和发扬"铁道兵精神"，信仰坚定，忠诚担当，百折不挠，穿越"铁路禁区"，谱写人生壮丽的篇章。在中铁十六局的采访中，笔者看到了一个英雄的群体，他们不是神仙，而是一个个压不垮、无愧于时代的骁勇善战的斗士。】

这是一个优秀的团队，

这是一项特殊的使命，

这是一曲追求卓越的壮歌。

4

"雄关漫道真如铁，而今迈步从头越。"

大凉山为中国西部山脉，在四川西南凉山彝族自治州内，是横断山脉——大雪山的支脉，因山高气寒，故称为凉山。以美姑县黄茅埂为界限，东为小凉山，西为大凉山。也是古代"南方丝绸之路"的必经之地。

大凉山呈东北—西南走向，海拔2000—4500米。地质构造为褶皱背斜山地，由砂泥岩、石灰岩、变质岩等组成。地表岩石经长期侵蚀和剥蚀，地形地势复杂，气候差异性较大，主要景点有泸沽湖、彝海结盟遗址、灵山寺等。其大风顶一带为大熊猫分布区。

试想，在这样的崇山峻岭，这样复杂的地形地貌，这样气候多变的恶劣环境中，建造一条穿山越岭的成昆铁路，困难屏障重重，没有一支铁军，没有胆识、智慧和顽强拼搏的精神，是不可能创造传奇的。

那天上午，我走进甘洛境内，设置在大凉山半山腰上的第七标段项目部，让人眼前一亮，万万没有想到，一个工程项目部，竟然把宣传工作搞得声势浩大，丰富多彩：在一个偌大的三合院里，十多个造型别致的宣传橱窗，图文并茂，别具一格，其中内容：有学习贯彻党的十九大精神的，有党风廉政建设的，有项目部选树先进典型的光荣榜，还有揭示吉新隧道计划推进的等等。真可说是，大战未始，舆论先行。

在项目部宽敞明亮的会议室里，正面墙上镶嵌着"铁道兵精神"的扁框，白底红字，格外醒目："逢山凿路，遇水架桥，铁道兵前无险阻；风餐露宿，沐雨栉风，铁道兵前无困难。"这就表明该项目部的精兵强将，时刻牢记"铁道兵精神"。

此外，在室内墙上，还有不少夺人眼球的标语：

责任重于能力，意志创造奇迹；

撸起袖子加油干；

不畏艰险，勇攀高峰，领先行列，创誉中外；

稳扎稳打，艰苦奋斗，真抓实干；

诚信创新永恒，精品人品同在；

新时代，新使命，新思想，新征程；

不忘初心，砥砺前行；

永远跟党走，人民有信仰，国家有力量，民族有希望。

这些标语中既有响亮的政治口号，又有提精气神的行动纲领，还有实实在在的行动指南。

常言道，火车跑得快，全凭车头带。

在这里，我首先见到的是该成昆铁路新线，第七标段项目经理部党工委书记布新功。当我表明来意，他却摆了摆手，以一口地道的北方口音谦虚道，哦，原来是这样啊，我认为，你最好多采访采访咱们项目部经理齐永立和其他日夜战斗在一线的同志，他们舍小家顾大家，个顶个的棒。齐经理是此项工程的灵魂人物，找他了解情况，保准错不了。不巧的是，他到总部开会去了，要不你改天再来，或者，我先陪你去吉新隧道施工现场转转？

我说：好。齐经理的事，我找时间电话采访。现场，我们回头再去，你也是项目部的核心人物之一，我听说过去你跟齐经理还是"黄金搭档"呢，咱哥俩还是先随便聊聊吧，用重庆话讲，叫摆摆龙门阵。

我的请求，他没好拒绝。

布书记五十八九岁，中等个头，皮肤呈古铜色，一双炯炯有神的眼睛里时时闪烁着睿智的光芒。他的额头上有几道深浅不一的鱼尾纹，这是多年饱经沧桑积下的，明眼人一看，这里面一定蕴藏着一个个鲜为人知的精彩故事。他说他属于刚柔相济的性格，为人豪爽，心直口快。我倒觉得，他老当益壮，德高望重，性格开朗，健谈中而不失沉稳。在我的再三启发下，他手上夹着一支香烟，还是给我介绍了不少令人感动的人和事。

他是湖北人，曾当过三年兵，退伍后，于1984年"兵改工"入职中铁十六局（注：原铁道兵十一师），先后参与过引滦入津工程、郑西铁路建设、太原至中卫铁路建设、烟大轮渡铁路建设和宁夏吴中城际铁路建设等，历任项目部副经理、经理等。可谓是南征北战、四海为家的老资格了，且把一生中最壮丽的青春、最美好的时光贡献给了铁路建设。妻子孩子在天津，儿子属于典型的"铁二代"。本来上一个工程完工后，他完全有理由申请到离家近的青岛一个项目部，兼顾家庭，再干几年就功德圆满退休，结果，上级一纸命令，就到了现在这个偏僻的西南大山深处。

谈及这次来四川大凉山，还有一段小插曲。

新成昆铁路七标段项目部、年轻有为、精明能干的经理齐永立，大学毕业分配，当初是老布带车接进工程局的。齐永立肯学习肯钻研，工作勤勉，政治进步很快。多年后，他俩就开始在一个项目部共事，一个当书记，一个当经理。这次到四川，是齐永立硬拽着他来的，齐永立说他俩投脾气，不是说其他书记不好，而是磨合起来比较困难，工作推进难度大。上级党委经过慎重考虑，就把布新功调过来了。齐经理认真道：我齐永立名字后两个字，加上你布新功名字后两个字连起来，就叫"永立新功"，你何不在你结束职业生涯之前，再帮衬小兄弟一把！再书写一段人生华丽的乐章！

从这里我们不难看出布书记高尚的人格魅力。这种意志品质，不是一朝一夕，一蹴而就的，是几十年的丰富经历阅历，勤学苦练成的一种政治修为，淡定和坦然，这份淡定和坦然，就是对党的忠诚，对壮丽事业的责任与担当。

临走前，我好奇地问：布书记，怎么项目部驻地空空如也，没见着几个人呢？

他回答：每天有三分之二以上的人都到工地忙活去了。

当晚，我下榻在距项目部半小时车程的甘洛宾馆，思绪仍在布书记身上，一个即将船到码头车到站的人，为何如此这般敬业亡命地工作？难道他个人心里就没有一点小九九？没有一点私心私情？我想答案只有一个：是信仰，是对工程岗位深入骨髓的爱，是一般人不具备的崇高的思想境界。

5

布书记的故事，暂告一段落，下面通过他，间接或侧面采访齐永立经理感人至深的动人事迹。

布新功书记在触及自己的事时，稍显木讷，欲言又止，张弛有度，而提及工作上的事，他却异常兴奋，口若悬河，滔滔不绝，如数家珍。尤其是提到齐永立经理时，他的思维就像电脑知识储备一样，一个劲地往外输出。

吉新隧道长达 11.23 千米。关于吉新的取名也是变更过的，原来叫吉尔木隧道，后来与新越西隧道连通后，就合并为一个隧道，各取开头的第一个字，因此而得名"吉新"。寓意是吉祥如意的新隧道。

吉新隧道是新成昆线上地质结构最为复杂，也是最难啃的一块"硬骨头"。"上级之所以把这项十分繁重而艰巨的任务交给我们，是因为，领导的信任和重托，我们是一支有着前辈光荣传统，压不垮，敢打善打硬仗的，赫赫有名的铁军、王牌军。

就地质结构复杂而言，白云岩砂化这一点，是目前国际上都没有遇到过的世界级难题，更没有掘进隧道的技术参标，自然给施工带来极大难度和风险，它就像一只庞大的拦路虎，或者说，是一道很难破译的密码，使筑路勇士们不敢轻易冒进，必须讲究科学，科学问题，来不得一丝一毫的马虎。"

"为尽快破解这道难题，我们项目部邀请十六局集团总部和国铁专家、学者多次到吉新实地认真仔细查勘会诊，经过一段时间的反复研究论证，终于探索出多种解决方案，最后决定采用管棚支护、钻爆和铣挖三台阶相结合掘进法。这样一来，不仅攻克了难关，而且还为未来青藏铁路的兴建，打下了坚实基础。"

听完布书记绘声绘色的陈述，我虽然隔行如隔山，没有全部听懂工程上的技术术语，但多多少少还是能明白一些道道。接下来，我请他扼要介绍搭档齐永立经理的情况。他毫不推辞地说："行，他呀，优点太多了，好些地方值得我借鉴。"

工程，隧道工程，何为隧道工程？如果这个问题都没搞清楚，何谈筑路勇士们一次又一次攻克难关的艰辛程度。采访间隙，我看了一部该项目部制作的、题为《成昆铁路隧道机械化配套施工》的专题短片。现将脚本部分文字摘录如下：

机械化施工流程：

超前地质预报——开挖——出渣——拱架安装——喷射混凝土——仰拱浇筑——防水板铺设及钢筋绑扎——二衬衬砌——衬砌养护。

具体操作诠释是：多功能超前地质钻机；三臂凿岩，台车钻孔；二台装载机，一台挖机，七台出渣车出渣；三臂拱架安装台车，进行拱架安装及网点焊接；湿喷机械手喷射混凝土；自行式压线桥与开挖环节互不干扰；防水板台架设防水板；带模注浆二衬台车，分层逐窗浇筑；简易养护台架跟模养护。

全自动化智能钻孔：

全智能凿岩台车，通过三维激光扫描技术，进行隧道内部开挖截面三维扫描，生成隧道横断面数据，三维结构模型，对比实际扫描截面与隧道预设截面模型，得出超欠挖数据，同时为下一步喷锚工序，提供准确数据……

"因吉新隧道是成昆铁路五座极高风险隧道之一，地质复杂，施工难度大，工期紧，自采用机械化配套施工方法以后，在施工进度、安全质量、成本控制等方面，均取得了显著成效。"这是现场观摩会视频上的一段台词。这充分阐明，第七标段项目部决策层，在科学施工方面的大胆探索和超强的大智慧。

下面，且看布新功书记对齐永立经理的一段描述——

齐永立，四十挂零，身材瘦小，精力充沛。他来自河北农村，地地道道农民的儿子，更是家乡父老乡亲的骄傲和自豪。2000年，他毕业于四川大学水利水电建筑专业。分配到十六局，他先后任过技术员、项目工程师、总工程师、施工技术部长，项目经理，党支部书记，二公司副总经理。2017年秋，二公司党委鉴于新成昆铁路上马不久，困难重重，决定派他到第七标段兼任项目经理。他服从组织安排，二话没说，就来了。其实，他心里明白，远离小家庭不说，这是一副十分沉重的担子，是上级领导的信任，自己去后，决不能干砸了。老实说，没有坚定的信仰，没有执着追求的真本事，是不敢担此使命的。

有一回，他去二公司开会，本来他完全可以顺便回一趟家，看看孩子和爱人。然而，会议刚刚结束，就接到项目部有急事的电话。于是，他家也顾不上回，就急匆匆昼夜兼程赶回工地处理。这举动，真像当年大禹治水，三过家门而不入。事后，他妻子在电话里多少有点埋怨，工作总是忙、忙、忙，你干脆嫁给项目部算了。齐经理听罢，除了一个劲地道歉和一阵阵心酸、内疚之外，他还能说什么呢！

2018 年暑假期间，齐永立的妻子带着孩子，从天津来到项目部探亲度假。本该公私兼顾，愉快地陪他们高高兴兴生活几天。岂料老成昆线因连降暴雨塌方断道，导致 K346 白果站中断行车。他接到上级抢险驰援的命令后，态度坚定，就率领抢险队，连夜火速前往抢险战场。在十多天里，他吃住在车上，未能回到项目部陪妻子和儿子。也就是说，为了抢险，他欠母子俩的情太多。凯旋时，他对妻子表示了深深的歉意。妻子见他一脸的疲惫，人也瘦了一圈，眼睛熬红了，人也晒黑了，则心疼地说：可以理解，为了铁路经济大动脉的畅通，你和工友们的付出是值得的，可也不能太玩命啊……此刻，齐经理的眼帘潮润了。这时，他的宝贝儿子也说：现在我才明白，您为啥长年不能回家，是因为工地上不能没有您……

齐永立有很强的政治敏感性和洞察力，特讲大局观，是一个典型的精明能干的基层第一管理者，不仅有着极强的学术技术擅长，而且有着驾驭全局的组织能力、管理能力、协调能力和语言表达能力。工作前瞻性强，遇事从不打太极拳，不绕道行，在项目部有威信有魄力。在人员管理上，他恩威并重，既讲严格要求，又讲人文关怀，喜欢将心比心，换位思考问题，令人折服。他最大的特点是，酷爱事业，喜欢学习和工作，平时主要攻读土木类专业技术书籍。此外，还喜欢翻阅《史记》《平凡的世界》《苦难辉煌》等文学经典类书籍。他的体会是，读书能拓宽视野，能增长智慧，能提升能力。不少人夸他是"拼命三郎"。工作中出现差池，总把责任往自己身上揽。他常说，年轻人嘛，干工作难免有错，难免摔跤，多锻炼锻炼就好了，人吃五谷生百病，我不也是这样磕磕碰碰闯过来的嘛。他深知，人是生产力中最活跃的因素。仅凭各项规章制度管人，是不够的。只有以人为本，真心诚意倾注爱心，视员工为情同手足的兄弟，才能管理好项目部。工地上出事，他总是第一个出现在现场，有他在，大家就有了主心骨，心里踏实。

有一次，突降暴雨，工地打来告急电话称，隧道内砂化白云岩突涌泥石，从掌子面往后淹没几百米，水流如注，泥石流不断往下滑。当时齐经理正患重感冒，我劝他别上去。他却说，不行，老布书记，我必须上去，你镇守项目部，在家里守着电话，保持联系，如有重大情况，我们好及时向上级报告。话毕，他硬是风雨无阻，带病冲到抢险第一线。经过十多个小时的奋力激战，当他拖着疲惫的身躯返回项目部时，才欣慰地，长长地松了一口气。由于他抢险方案正确，组织指挥得当，使这次险情没有造成人员伤亡。

　　平日里，齐永立对自己"约法三章"，即不搞生活特殊；不多吃多占；不去洗脚城，更不去高档消费的夜总会。在六年的光阴里，他只有两次回家过春节，每次返家只能待上两三天，腊月三十除夕夜，与亲人团聚，过了大年初一，初二就得往工地赶。他对待员工却网开一面，每逢节假日，或工期不太紧的时候，总是安排各部门人员轮休、调休，尽可能满足大家的要求。他说，这就是工程局人的命运。因抢工期抢进度，大年初三，就要投入新一年的战斗。他还深知一个道理，只有爱兵如子的将领，才能攻无不克，战无不胜。

　　俗话说：兵强强一个，将熊熊一窝。

　　布书记还情不自禁地说，正因为齐永立以身作则，率先垂范，一心扑在事业上，前年，他带领大家一举夺得成贵公司"样板工程（隧道）"的殊誉，这块牌子含金量很重，不是谁都能随随便便拿到的。这些年来，齐永立本人也曾先后荣获全国优秀项目经理、詹天佑铁道科学技术奖、中国铁建劳动模范、北京市国资委优秀共产党员、集团公司第一届"央企脊梁"称号等，一连串响当当的荣誉，这些殊誉，是对他工作的褒奖证明，当之无愧。

　　面对荣誉，齐永立没有陶醉在鲜花和掌声中，没有沾沾自喜，骄傲自大，而是十分谦逊地说，感谢组织上的鼓励和鞭策，我的工作，并没有你们想象的那么好，工作都是大家干的，我只不过是起了个牵头的作用……

人非草木，孰能无情，无情未必真豪杰。那天，我在电话中采访齐经理，问及他最大的苦恼时，他的回答是，常年在外，远离家庭，父母无法尽孝，孩子缺失教育和陪伴……我又问，这条新成昆铁路建好后，你打算干啥？他说，在外奔波了若干年，如果组织上照顾，我想返二公司机关，养精蓄锐，调整一段时间再出征……

关于党务工作这一块，布新功书记给我讲了实话。他不无沉重地告诉我，现在的年轻人，不喜欢听空话假话大话套话，你大道理讲得再多，也不起大作用，也听不进去，即使这只耳朵听进去，也是另一只耳朵出。他们讲的是活生生的现实，讲的是实际。你想啊，大学毕业分配来到项目部，整天钻山旮旯，工作枯燥乏味，业余生活单调。每年分来的大学生，最后能留下来一两个，就已经不错了。他经常对留下来的同志推心置腹：干工程，就意味着吃苦，只要你们好好干，熬上过三五年，你们的前途命运就会得到改变，不说创造非凡的业绩，至少在政治进步上有所提升和改变。人嘛，生来就是与命运抗争的。古人说过，凡想成大事者，必先劳其体肤，苦其心智。嘿，你这样讲，他们还真能听进去。要不然，眼下的繁重工作，谁去干？！

去年，集团总部给我们分来七名大学生，分别来自上海、石家庄、成都高校。他们在应聘时知悉中铁十六局总部驻北京，二公司在天津，可万万没有想到，入职后会被分到西南的大山深处，成昆铁路第七标段项目部。在他们这些刚走出"象牙塔"的学生娃娃眼中，这里就是穷山恶水，荒山野岭，不是自己奋斗的天地，不能体现人生价值。在布书记再三做思想政治工作无果的情况下，一个月后，七人集体辞职，另谋生路走了。这件事，不仅在二公司，而且在总部都引起了不小的轰动。现在的大学生们都咋啦？国家花钱培养他们，他们怕在艰苦环境吃苦，不愿为国家做贡献。在布书记看来，这都不是什么好鸟，即使他们将来找到了工作，也不会有大的建树。即使有，也走不远。

难怪布书记说，能留下来的人，就不错了。为稳住现有的工程技术人员，一方面，党团组织加强对他们进行春风化雨似的思想疏通引导，讲清国家重点工程建设有我的荣耀感，要求党员发挥先锋模范带头作用，切实做到每一名党员就是一面旗，一团火，吃苦在前，享受在后，用实际行动，影响和感染身边的同志；另一方面，每年的清明节、五四和七一，都要组织年轻人到铁道兵博物馆、红军烈士陵园，进行革命的红色传统教育，从而激发他们的斗志，陶冶他们的情操，帮助他们向先辈们学习，树立正确的世界观、人生观和价值观；再一方面，行政尽一切可能，积极向上级争取职工福利，工会经常组织开展健康向上的文体活动，如组织篮球、乒乓球、羽毛球比赛，并给予一定的物质奖励，以此来凝心聚力。每逢节假日，好些同志不能回家，就叫食堂多弄几个菜，改善生活。每年中秋节、春节、元旦，总要给职工发放适度的奖金和慰问品。

谈及党风廉政建设时，布书记也毫不回避和忌讳。他说，工程部门属廉政高危高风险行列，稍有不慎，就会违规违纪违法。在这方面，我们经常组织党员干部，学习中纪委和上级有关党风廉政建设的一系列红头文件精神和纪律条例，与此同时，列举系统内外正反典型，帮助大家增强廉政意识，签订廉政责任状，守住做人的底线，决不触碰"红线"。平日里，注重道德修养，争取做一个高尚的人，一个纯洁的人，一个脱离了低级趣味的人。

此外，我还了解到，项目部还在周边开垦荒地，种植各种季节性的瓜果蔬菜，修水池养鱼，垒鸡窝养鸡等，以此节约生活成本，加大福利，惠及员工。有职工风趣地说，亦工亦农，一辈子不穷。

阿基米德说：给我一个支点，我可以撬动整个地球。而布书记则说，我们可以把一个个工程项目，打造成一幅幅杰作，一座座丰碑。眼下具体讲，就是要建设平安新成昆，绿色新成昆，和谐新成昆！

他们始终坚信，思路决定出路，细节决定成败，态度决定一切。在掘进吉新隧道的征程中，能够排除任何艰难险阻，他们就是一个个破译沉睡大山密码的智者！

6

与布书记攀谈结束后，又找他推荐的工程部部长、计划合同部部长、质检部部长等同志，进行逐个采访。他非常自信道，项目部几乎个个都是好样的，工程这行的十八般武艺，他们提得起，放得下，丁是丁卯是卯，干工作一点不含糊。只不过，这几个同志，更具有代表性。

他走后，不大一会儿出现在我面前的是该项目部的共产党员、工程师、工程部部长邓友权。他，三十出头，身材敦实，长着一张可爱的娃娃脸，一双不大不小的眼睛，黑而明亮，鼻梁上架着一副黑边深度近视眼镜，乍一看，就是一个朝气蓬勃，风风火火，年轻有为的悍将，他乡音未改，一口地道的川普。小邓是重庆荣昌人，生于 1988 年，湖南工业大学土木工程系毕业，曾在中铁十六局四川指挥部任过技术员。

深入了解后，知道他是 A 型血，性格鲜明，业余爱好喜欢打篮球。当我问小邓是如何看待此地的工作环境和工程问题时，他的回答道：你都看见了，这里条件艰苦是肯定的，但是眼下为了赶时间超进度，工地上已全线全面铺开施工，大家干得热火朝天。至于工程工作的工艺工法，只要在吉新隧道干过，将来不管到任何地方，都不会有问题，因为我们在实践中积累了不少经验教训，这是一笔可观的，用金钱买不到的珍贵财富。

当问及此项工程的最大难点时，他毫不掩饰：不瞒你说，难点是涌水，隧道涌水，最大接近 5 万方／天，突水涌砂量高达 1 万方／天。经常导致洞内坍塌，这样的险情，发生过十余次了，自然使施工掘进速度大大减慢。针对此情，项目部请来设计院专家，共同研究，意在及时研究出处置突发地质灾害的对策措施。在寻找到规律和切实可行的办法后，去年和今年的掘进速度明显加快。以今年为例，一天掘进的速度，相当于以前两三天干的活儿，此做法在全线推广后，领跑其他施工监理单位。这里面,自然有着工程人的敬业奉献。

一触及艰苦生活环境的话题时,邓友权的表情有些波动。

他实话实说,许多大学生分下来,一看这拉屎都不长蛆的鬼地方,就想逃走。项目部在大凉山深处,远离大都市,加之男多女少,没有浪漫的花前月下,谁不向往美好的城市生活。所以,每次能留下一两个,就烧高香了。我们之所以坚持不走,是因为我多少有点信念,不说我有多么高的思想境界,但至少早已习惯了这里的寂寞、枯燥、乏味的生活。每当想不通的时候,就多想想红军枪林弹雨,浴血奋战;想想当年铁道兵风餐露宿,披星戴月,忘我奋斗;再想想眼前的布书记和齐经理,他们也抛家舍口,来到这里,又是为了啥?我辈不来修这条天堑之路,总会有人来吧!

好就好在,项目部的头头们,平时待我们挺好的,并为我们做出了榜样。关心我们的学习工作和生活,经常嘘寒问暖,尽最大努力,为我们谋福利。比方说,山区手机信号不好,领导班子就想方设法给我们安装网线,不说每天吧,至少每周能与家人通一次视频电话。还有,在这里,每个人住一个单间,设备添置良好,人心都是肉长的,是有灵性,有高级思维,懂感情的高级动物。我们必须学会感恩回报,要不然,我们活在这个世上,还有什么意义可言呢?!

他还说,书记、经理有句口头禅:"不开会不回家。"而对待部下呢,每三个月,正常情况下,可返家休整十天左右。有时工期紧,或遇特殊紧急的事,只能在家待上两三天,就得及时归队，投入战斗。

在采访中我了解到，小邓家安在重庆荣昌，相对于家住北方的汉子来说要近一点儿，可是，咫尺天涯，仍是聚少离多。其爱人在保险公司上班，儿子四岁，在上幼儿园，按理说，父亲应经常陪伴在他身旁，便于从小养成良好的习惯，可职业所限，他无法尽到当父亲的责任和义务。好在妻子没有过多的责备，总体上讲，对他的工作是支持理解的。有时，他还常常安抚深爱他的妻子，说，亲爱的，甘洛境内的吉新隧道工地，比前一个甘孜工程好多了，那里生活条件更艰苦，没水没电没信号，手机经常失联，在这里至少天天可以打电话不受干扰，每周还可以视频通话，相信未来的日子会一天比一天好，一切艰难困苦，都会过去的……

妻子回复他：大话少说，都早已习惯了，一句话，家里的事，你少操心。

还有，逢年过节，我们回不了家，项目部党团工会组织，总要组织大家开展一些健康有益的活动，比如说，中秋节每人发几个思乡的月饼，我们就感到暖心。

朋友，我亲爱的朋友，当你读着这些令人酸楚、令人垂泪的滚烫文字，心灵是否受到深深的洗礼和震撼？20世纪六七十年代，铁道兵一不怕苦，二不怕死，第一次修通成昆铁路，唤醒了沉睡的大凉山。一眨眼半个多世纪过去了，崭新的21世纪，如今筑路健儿传承红色基因，再次唤醒沉睡的大凉山，即将修通第二条复线成昆铁路，这无疑又是一个伟大的壮举。

这，就是中铁十六局可亲可爱可赞的建设者们！他们正在人生的舞台上，用忠诚、用事业的专注度，书写卓越，并用心用情，弹拨出一曲又一曲动人的旋律，美妙的乐章！

第三章　拼搏奉献

【红色基因的薪火相传，铁道兵精神的发扬光大，不是只高呼几句响亮的口号，就能建好成昆铁路，而是要靠仰望星空、脚踏实地的人，去拼搏，去默默无闻无私奉献。只有这样，一条高智能化的大动脉才能建成，也才能让时代的列车，迎着风雨畅通无阻。】

这是一群舍小家顾大局的人，
这是一群智勇双全的战士，
这是一个值得大书特书的英雄群体。

7

雨，在连绵地下着，风，也在嗖嗖地刮着。此刻，我们乘坐的面包车，仍在大凉山深处的盘山公路上欢快疾驶。

我在一份资料上，看到中铁十六局集团成昆铁路第七标段项目经理齐永立的介绍，为了平稳穿越此类地质，他们将多年来参与不同类型隧道施工的经验优化组合，坚持"以水而定，量水而行，分类施策"的原则，采取注浆堵水、靶向泄水、分水减压等不同方式的水处理措施，做到了"岩变我变"，动态调整工法及支护措施，同步采用钻爆、铣挖、微三台阶等结合的方法减少扰动，防止拱部击穿失稳，有效避免了突水涌砂，实现了隧道快速推进和质量安全保障，成功处理全部白云岩富水"砂化"段落……

这些成功举措，有针对性地避免了施工风险，从而开辟了同类型隧道掘进技术之先河，创造了人间奇迹，续写了新的传奇。

在电话采访齐永立时，只要谈及工作，他就滔滔不绝，有板有眼，如数家珍：谈及家庭生活，他多少有些伤感，觉得欠妻子欠儿子、双方老人的情，实在是太多。在这里，我把他上初中的儿子写的一篇题为《在牵挂中成长》的作文实录如下：

世间万物，芸芸众生，有多少亲朋好友，随着时间长河的流淌，与我们渐行渐远。可总有几个人，在我们心中挥之不去，令我们朝思暮想，日夜牵挂。在思念和牵挂中，我们得以成长。

那本是一个平淡无奇的日子，我一如既往地迎着夜幕降临前的最后一丝霞光走向学校的大门。这时，一个瘦小的中年男子吸引了我的注意——他是我的爸爸，一个小有成就的铁路工程师。自从 2014 年 3 月 7 日晚离家后，一家几口聚少离多。七年来，从内蒙古到宁夏，又从陕西到四川……他的身影遍布各地。我对他的感情，却由最初思念到后来的怨念，再到如今的平淡。可这一次，当我看到他站在门口，眯着双眼，微微踮起脚尖时，我竟鼻子一酸。我第一次发现他前额的头发，已经所剩无几，两鬓的一丝丝"银针"触目惊心。长年巨大的工作压力，把他的脊梁骨压弯了，岁月在他的脸上，镌刻了一圈圈的年轮。

此时，我第一次意识到，七年的岁月如梭，我长大了，爸爸也不再是那个意气风发的青年。我也第一次感觉到，我的爸爸，这个身高只有一米六的男人，他那并不伟岸的肩膀上扛起了他对家庭的责任，承载着对家人的爱。多少个身在异乡的中秋节，饱含着对家的遗憾和思念。

这一次，在回家的路上，我没有像以前那样，对爸爸的问题推三挡四，我能静下心来与他交流。因为我意识到，爸爸已经尽了自己之所能，扮演好自己父亲的角色。

这一段经历，让我得以成长：生活中总有几个人让我们牵挂，我们应带着这份牵挂，在思念中成长，在理解中体悟到深深的爱……

这篇出自孩子之手的作文，不仅诠释了铁路工程人常年在外，走南闯北，奋力拼搏的工作场景，而且充分展现出了一颗童心对父亲真挚的爱。由最初的思念、怨念，到后来的平淡，再到最后的理解和体悟。这是多么的艰难和不容易啊！这篇小小的作文彰显出工程人笃定信念，胸怀大志，执着追求，自我牺牲和无私奉献精神。从某种意义上讲，这就是值得浓墨重彩，大书特书的家国情怀。

这天上午，乍寒还暖，风呜呜地刮着。在吉新隧道工地，但见人山人海，井然有序，一派大会战繁忙而壮观的景象。为了争时间，抢速度，日前七标段项目部已下定决心，与时间赛跑。21.3千米全线铺开施工，主要进行开挖、仰拱、二衬、凿平电缆沟、中心排水沟等作业。与此同时两座桥梁，一座85.6米长，另一座159.55米长，同期展开，志在及早将38米还未掘进的山体全线贯通。此外，还要铺设无砟轨道和处理边坡等。

下山后，我在该项目部见缝插针，对计划合同部部长何鑫进行了采访。

他，看上去三十八九岁，中等个头，体形偏瘦，但却显得很精神，很机灵。特别是偏黑脸上那一双大眼睛，显得格外有神。何鑫是四川眉山市人，是从农村考进大学校园的，2004年毕业于西南交通大学，在校攻读的工程造价专业。现家安在成都，爱人打工，儿子12岁，在念小学，由妻子照顾。

何鑫性格比较外向，耿直豪爽从不遮遮掩掩。平时工作之余，最大的爱好就是喜欢翻阅专业书籍和一些闲书，特别喜欢看反映不同时期战争题材的电影、电视剧。最崇拜的伟人是邓小平。对于本职工作的难点，他实事求是，一五一十地说，工程预算核算，单价太低，目前亏损较大，这主要是投标中标单价太低，诚然，施工过程中也不可避免地造成一些损失。项目部管理特别严，尽可能压缩成本开支，尽管如此，仍显杯水车薪。关于雇用当地民工时之事，他的回答是，根据工程体量，不同阶段招用不同数量的民工，多时有1000多人，少则八九百人。"但我们从不拖欠民工劳务工资，尤其是在每年的春节前一次性结清。否则，来年的活儿就无人干了。"

谈到民工工资时，何鑫介绍说，这要以工种来定，一般干土工作业的民工，月收入 8000 元，有一定技术的民工，每月的工资逾 1 万元，民工平均月工资在 8500 左右。老实说，工程的开工，确实为当地老百姓带来了经济效益，虽然辛苦，但能挣到可观的钱。在现场采访时，一位彝族民工笑着，用一口不太流利的汉话对我说，我们在这儿打工，不只是为了挣钱养家糊口，而是能为修这条新成昆铁路，出过一把力，感到无上的光荣。

何鑫说，一个人要正确处理好家庭与事业的关系很难，用北方人的话讲，谁不想老婆孩子热炕头。干好工作，不就是为了小家的幸福吗？就拿我们齐经理来说吧，为了打胜打赢此项工程，头发都熬白了。还有布书记，年事已高，本该养尊处优，可他却仍跟年轻人一道，吃苦在现场，还不间断地给我们加油鼓劲……

每年清明节、七一或十一，项目部几乎都要组织我们去烈士陵园扫墓，进行革命传统教育，缅怀先烈，祭悼先辈，想想现在，两相比较，我们的工作生活，还是好了许多。

当我问到平时星期天，是否下山到甘洛县城玩时，他说根本没有空闲时间，即使调休，进城也是买一些生活日用品，及时返回。即使下山，也从不乘专车去，而是搭乘项目部出去办事的顺风车，尽可能减少一点成本。此刻，我在想，难道工程人，就没有七情六欲，就没有爱情，就是每天机械的苦行僧？不，不不，他们有爱，有人间大爱，他们几乎把全部的精力和爱恋，都贡献给了自己此生钟爱的工程事业！

听到这番话，我的心又一次被拨动了。

8

在几十年的采访生涯里，我采访过铁路线上的机、车、工、电、辆的"车、马、炮"（注：不同层级的干部职工），采访过社会企事业单位典型的先进劳模，采访过日出而作、日落而息的农民兄弟姐妹，甚至还采访过绿色军营里龙腾虎跃的官兵，而唯独没有采访过铁道工程部门的将士。这次采访，让我真真切切地受教了，也大开了眼界。写作者，在为他人寻找精神家园的同时，也在净化自己的灵魂。

铁路的工程部门一旦接到项目任务，就没有一年四季之分，就没有星期天节假日，有的是"五加二，白加黑"（指的是周一至周五，外加双休日，再加白天和夜晚），加班加点赶进度，是工作常态。那天采访，我问布书记，今天是礼拜几？他告诉我"不知道"，还说这是工程人的一贯德行。你问他星期几，不知道，如果你换种问法，问今天是几月几号，他们保准一口精确回答出来。因为他们心里明白，即日要掘进多少米，必须完成多大的工程体量，有时还得以小时计算。由此可见，工程人干工作的时间观念极强，心里随时装着工程进度。

老骥伏枥，志在千里。

工地上的一个老同志，叫刘文斌，今年 59 岁，是项目部职工队长，也称"洞长"。手下管理着 13 个工友。老刘的显著特点是，有大局观，责任意识极强，是个老党员，信仰坚定。去年被集团选树为"劳动模范"。

作为一项大型施工现场，要干的工作千头万绪，能否厘清工序，百密不疏，就必须有事业心强的人，来主动担当。老刘就是这样一个人，哪里需要哪里去，哪里最艰苦、哪里最复杂、哪里最危险，他就率领工友们冲向哪里，不圆满完成任务，誓不罢休。

这是盛夏的一天夜里，大雨滂沱。刘文斌值班，忽然，他听到吉新隧道里有异响，随之而来的是哗哗的流水声。凭着多年的职业敏感，在心里说，不好，情况不妙，要塌方。当他的身影第一个出现在现场，发现险情后，立即用电话报告了项目部。齐经理闻讯，马上组织人员冒着大雨上山进洞抢险，经过长达 20 多个小时的奋力鏖战，终于排除了险情，把损失降到了最低点。

老刘哇，你都这把年纪了，为何还这么亡命地工作？他的回答是：作为洞长，这是我的神圣天职。再说，正因为我老了，是我职业生涯里最后干的一个工程了，明年就要退休了，我必须站好最后一班岗，不让领导操心。我总不能在快天亮时，晚节不保，流泡尿吧！他的一番意味深长的话，一下子就把大家逗乐了……

这席话里，没有一个华丽的辞藻，却道出了一个老共产党员，一个铮铮铁骨汉子，对西南铁路建设壮丽而恢宏事业的赤胆忠心。

为早日打通吉新隧道，刘文斌已连续三年没有返家过春节了，他要为自己酷爱的事业尽最后一份力。我想，这就是坚贞信仰的力量。

　　老刘有心脏病，血压也有些偏高，吃住在工地，有时忙起活来甚至忘记了服药。有天中午，远在老家的老伴，给他打电话，十分关心道："老头子，你要多多保重身体，别累垮了，别忘了按时吃药。有些笨重的体力活，你就少干点，尽量让年轻人去干，你听明白了吗？……"

　　"你别唠唠叨叨了，我会注意的。"老刘说。

　　有一次，布新功书记在洞口碰到老刘，顺便闲聊："老刘呀，退休后，打算怎么安度晚年？"老刘乐呵呵道："抱孙子呗，尽享天伦之乐。奋斗了大半辈子，无愧于时代，无愧于党的教育培养，也无愧于本职岗位。闲暇时，我会给小孙孙讲爷爷长年东奔西跑，与大山为伍，以苦为荣，以苦为乐，以工地为家，甘愿奉献铁路建设的故事。此外，就是在房前屋后，养花种草……"

　　"好，好，你的心态太好了，我要向老哥好好学习。"布新功书记道。

9

　　世界上的任何一幅经典之作，都是勤劳、心血和智慧的结晶。也就是人们常说的,世上从来没有一条平坦的路,不经风雨,怎见彩虹。像吉新隧道的兴建,自然凝结着项目部几十号精兵强将和数以千计民工们的奋力拼搏和无私奉献。

我最后采访的一个人,是随机抽样。他的名字叫王龙飞。

他,35岁,身高1.75米,身板魁梧笔挺,一张国字脸上戴一副宽边近视眼镜,气质不凡。讲起话来干练而谦和,对人有一种舒服的亲近感,现系成昆铁路第七标段项目部办公室主任。

王龙飞于2013年从新加坡留学归来,入职中铁十六工程局,曾干过物资、财务等岗位。他是河北沧州市人,其父母是普通职工。我问他,为啥回国后,选择到工程局,不去别处谋求更好的职业?他的回答令我感叹。他说,作为八○后的年轻人,选择走哪条人生的路,并不那么重要,重要的是你愿不愿意吃苦,如果愿意,在哪里都能受到欢迎,都能掘出一片既属于自己,也属于别人的蓝天。是金子,总会发光嘛!到铁路工程部门锻炼,更能磨炼自己的意志和品质。就像齐经理常说的,在这儿经过捶打的人,将来不管走到哪里,干啥,都会是一把好手……

时下,有的年轻人好高骛远,自不量力,拈轻怕重,没有调整好心态,没标好自己的人生坐标,更缺乏制订一个适合自己的,又符合眼前现实和中长期的职业规划。这种年轻人,贪图享受,走到哪儿都不会受到欢迎。又想高薪,又想不吃苦,还想拥有安逸舒适的繁华城市的工作和生活环境。除非他是天才,智慧超群。否则,他将一事无成。关于新分来大学生的去留问题，我曾以同龄人的身份与他们交流过，由于话不投机，不在一个频道上，不能同频共振，就只好由他们去了。但愿他们各自都能寻找到适合自己的好去处、好归宿。

这番话，着实令人感动，同样是年轻人，为啥思想反差如此之大？王龙飞坦诚地讲，自己对工程技术不太懂，但提供后勤保障服务是他的强项，给项目部领导当好参谋助手，跑跑龙套，绰绰有余。有时，他还常协助党工委和工会干点力所能及的事情。这也许就是人尽其才，物尽其用吧！行政事务虽然烦琐繁杂，他也乐在其中。一项浩瀚的工程，一个萝卜一个坑，需要精诚团结，同心同德，上下齐心协力，才能打出一个又一个漂亮仗。

王龙飞结婚快两年了，还没要孩子，小家一切一切的琐碎事，都集中在妻子一人身上。"我对她说，新成昆铁路建成正式通车之日，就是我俩要怀小宝贝之时，必须传宗接代，续香火，这样，更富有纪念意义。"

我们还聊了一些其他话题，小王道，历史上，我最崇拜秦始皇和毛泽东，前者统一了中国，后者率领中国共产党和劳苦大众，打出了一个红彤彤的新中国。

最后，王龙飞还情不自禁地谈到了此次采访。他说，我们接到上面通知，听说你们要来，我们太高兴了。这是因为，战天斗地的工程人，太需要作家们宣扬了。时下，一夜暴富的人，有人讴歌，一炮打响走红的歌星，也有人精心艺术包装，而我们工程人，战山治水，脚踏实地，挥汗如雨，默默无闻，忘我奋斗的宏大场景，却缺乏颂扬，这就是咄咄怪事了。因此，我衷心希望你们多下来体验生活，多写写我们淳朴厚道的工程人，谢谢！

尾　声

2022年4月1日一早，在手机微信上，我看到成贵公司综合部副部长黄培书发来的消息，是成都局集团成贵（昆）公司发给中铁十六局的贺电。摘抄录如下：

中铁十六局集团公司：

东风浩荡春潮涌，佳音频传振人心。

欣悉由贵公司承建的成昆铁路扩能改造控制工程最难隧道——吉新隧道，于2022年3月31日安全顺利贯通，特致电，向你们表示热烈的祝贺，并通过你们向全体参建人员，致以最崇高的敬意和最诚挚的问候！……

……

电文还用了较大篇幅，以"六年坚守不寻常，百战黄沙穿金甲；忆往昔峥嵘岁月，铸就光荣与辉煌；奋战大道圆新梦，百年变局展宏图"为篇章，从三个方面进行了总结。最后，还衷心祝愿他们在百年未有之大变局和奋进新时代铁路建设的新征程中，乘长风，破巨浪，担道义，创大业，著华章，为实现伟大的"中国梦"，为中华民族的伟大复兴，再立新功，再铸辉煌，再传捷报！

据悉，吉新洞子打通那一刻，参建者们欢呼雀跃，高呼劳动万岁！还有不少人情不自禁，热泪盈眶。心想，功夫没有白下，汗水没有白流。

隧道全线贯通那天，布书记和齐经理，也特别高兴。他俩站在洞口高处，交谈了很久，直到夜幕降临，月亮、星星出来了，才下山朝项目部走去。

这次采风，由始到终，我都没有见到第七标段项目部经理齐永立的尊容，只有前后三次的电话采访，两次手机微信交流。第一次通电话是晚上，他刚从工地乘车下山，第二次是上午通电话，他在主持召开工作会议；第三次通电话，他说，近期工作实在太忙，要不，这样吧，我抽空给你通话，你问我答，劳驾你费心记录一下，行吗？由此可见，他的工作实在太忙，日程总是安排得满满的。

昨天，我再次与齐经理通电话，补充采访，他说，你得把布书记好好多写几笔，我没有三头六臂，要不是他把舵把脉，指引方向，我就不可能带领兄弟们冲锋陷阵。再有，也希望你多写写最基层的员工，他们才是创造历史，创造辉煌业绩的主人……

如果说中国人民志愿军是革命战争年代最可爱的人，那么，我要说，和平建设时期，中铁局的建设者们，就是崭新时代最可爱的人！他们再次敲醒沉睡的大凉山，使茫茫大山有了灵动和灵性。为祖国大西南人民创造幸福，新成昆铁路的兴建，无疑是又一张令世人瞩目的、闪光耀眼的名片。

　　沉睡的大山，被开山的炮声一次又一次地唤醒，它记录着，承载着筑路英雄们的心血、汗水和智慧，它必将彪炳青史，万古流芳。

　　滚滚江河可以留声，

　　巍巍凉山可以作证！

舞者的风格

一

人生一世，草木一秋。又仿佛弹指一挥间。一个人的一生，应当怎样度过？命运捉弄人啊，往往是不以人们的意志为转移的，关键看怎样去迎接风雨、怎样去拼搏、怎样去奋斗！陈海波的人生经历阅历，作出了诠释。

陈海波站在家中的阳台上，眺望滚滚东去的长江，思绪万千，明天他就要结束自己的职业生涯，开始新的生活轨迹，怎不心潮起伏，浮想联翩。爱妻晓莉从屋里出来对他说："海波，外面风大，进屋吧！你的心思我懂的，工作总有结束的时候，你大可不必过于伤感，应该感到高兴才对。"

陈海波道："我没有伤感，只是觉得时间过得太快了，一眨眼，就变老了。"

晓莉又道："你不能有心理暗示，要认为自己还很年轻才对啊！"

他说："对，我还不老，还有一个梦，没去实现哩！"

退休的欢送会，在一个陈设简朴的会议室举行，每人面前清茶一杯。主持会的是现任段长廖兵，他首先介绍了出席会议的九名领导班子成员及段机关各部门负责人。随后，扼要表明了今天欢送会的主题——欢送老党委书记陈海波光荣退休。

轮到会议主角陈海波主旨发言时，他环视了一圈曾跟自己在一个战壕战斗过的同事们，低调道："是缘分把我们聚集到一个团队，我没有三头六臂，工作都是大家伙儿一起干的，如果说有点成绩的话，那都是大家伙儿的荣耀，我这个班长，充其量是起了个牵头的作用。再有就是，部队上有句话，叫'铁打的营盘流水的兵'。从今天起，我的职业生涯正式结束了。过去工作中，如有得罪和冒犯，请诸君多多海涵、谅解……最后，祝大家工作顺利，万事如意，谢谢！"斯时，他的眼帘潮润了。事实上，陈海波的一生，经历了太多太多，无论是工作，还是生活，酸甜苦辣，五味杂陈，只有他自己心里明白。

会议气氛异常浓郁。各位领导班子成员争先恐后地对陈书记过去的工作进行了客观而真实的评价。紧接着，中层干部中的典型代表也相继表述了感激之情。其语言表达，不乏有些溢美之词。当然，对老书记的功劳，是用世界上最华丽的辞藻也无法形容的。如他的正派质朴、他的耿直豪爽、他的诚恳待人美德，是人们目睹和亲身感受到的。此时此刻，就是过去对他有一些意见分歧的人，也被噎得张不开嘴，毕竟陈书记平安着陆了。

年轻有为的段长廖兵做了总结性的发言，大意是：陈海波书记把一生中最美好的青春年华，无私地奉献给了铁道上蓬勃发展的工务事业，他是铁道上一个信仰坚定、货真价实的舞者。我过去是他手下的一个兵，他初任党委书记时，我是一个车间的党支部书记。我常常以他为榜样。他在长达三十多个风雨轮回的春秋里，积累了大量的、丰富的、有的甚至是不可复制的宝贵经验。在管理上，陈书记带领班子发挥了龙头作用，他淡泊名利，有很高的领导艺术和驾轻就熟的管理才能。不仅如此，他还具备极高的驾驭复杂环境的能力，以及组织协调能力、语言表达能力和写作能力。他生活简朴，从不搞特殊，工作作风扎实，具有人们佩服有嘉的人格魅力！总之，一句话，陈书记的哲学理论，用通俗易懂的四字概括：搁平捡顺。凡是遇到棘手的事，只要有他在，都会迎刃而解，从不弯弯绕。

　　其实，工作和生活中的路，并非一帆风顺，一马平川。在陈海波的人生路上，充满荆棘和坎坷。遭遇无数次的挫折之后，才铸就了他政治上、管理上的逐步成熟。

　　让我们打开时光的界河，去追溯陈海波的人生之路吧！

二

　　20世纪60年代初，一个寒风凛冽的深夜，山城重庆一个小巷内，发出了一阵阵撕破苍天的婴儿啼哭声，一个瘦小的男婴降生了。当时正处于灾荒年，他能够呱呱落地，算是一种幸运。父母见他活蹦乱跳，就给他取名叫陈海波。

不到三年，母亲又为他生下两个小弟弟，使本来生活就窘迫的小家庭，雪上加霜。陈海波的父亲，是一个生产不景气企业的小职员，母亲是铁路客运段的一名普通列车员。两人的工资加到一块不足100元，要养家糊口，是何等艰难。为了生活，他们苦熬着日子，心里有着美好的愿景，愿将来孩子们的生活会比老一辈强。清苦的日子，在陈海波幼小的心灵上打下了深深的烙印，他深知父母工作的艰辛和不容易。

上小学起，陈海波就聪慧过人，并且有同龄孩子没有的几分懂事和成熟。深知自己要好好学习，天天向上。人生如一张白纸，要想绘出美丽的图画，就必须打好底色，在人生的坐标上，标出勤奋学习的奋斗目标。有天放学回家，父母将他们弟兄三个叫到一起，严父手指着陈海波苦口婆心道："你是哥哥，要为两个小弟弟做出示范。要学好，不学坏，要诚实做人，刻苦自砺，将来才可能踏实为社会做事。我和你妈没有多少文化斗大的字，认不得几个，智商情商也不高，加之咱们家祖坟上又没冒青烟。但我知道，知识多的人，才能改变人生的命运。不指望你们有多大本事、多大出息，但至少要做一个正直善良的人，不能成为社会的残次品。"

老父质朴在理的教诲，陈海波一直铭记在心。

高中毕业后，陈海波考进了西昌铁路技术学校机械化养路专业。三年寒窗苦读，他品学兼优，是三好学生，是优秀共青团员，是学生会干部。毕业后，入职西南铁路局山城北工务段，被分配进了体力劳动强度最大的，常年野外作业的中修队，铁路上将这个工种戏称为"啄二哥"。从此,他走向社会人生的第一个驿站。

人生,就像一条河,要想抵达光辉的彼岸,首先得学会游泳,否则,是无论如何也蹚不过去的。河水时而平静,时而暴涨暗流涌动,又时而荡起一层层涟漪。

陈海波又像是一位舞者,跟工友们一道,在钢铁大道上,专心致志,翩翩起舞。其舞姿虽然没有杨丽萍跳傣族孔雀舞那么自然柔美,但却以另一种舞姿,另一种优美无畏的风格呈献给世人。

人生的成长之路,有必然,也有偶然。就是人们常讲的机遇是给有准备的人提供的。陈海波的工作进步,就是必然和偶然的结果。一个酷热的夏天,段党委、段工会防暑降温慰问组,对战斗在一线的工务养路职工进行慰问。当带队的党委牛书记到中修队施工点时,五六十号养路工,正在杨队长有节拍、有韵律的口哨声中进行拨道作业。他发现队伍中有一个高个头的年轻人,头戴草帽,汗流浃背,双手紧握钢钎,倾斜着腰身,特别地卖力。事后牛书记问队长,那个小伙子姓甚名谁?队长答:叫陈海波,是两年前铁路技校分来的中专生。

平时工作表现怎么样?

很不错,勇于吃苦耐劳,我们大修队的十八般武艺,他几乎样样提得起放得下。现在他是骨干,是队里的团支部书记。下一步,我和队党支部齐书记,准备发展他入党呢!

他会不会是今天见我们来,故意作秀?

不不不，不是，小陈绝对不是那种人，他一向表现不俗。

当天收工晚饭后，长得虎背熊腰、肌肤黝黑的杨队长来到工棚，对陈海波说："小陈，好好干吧，你已被段上的领导盯上了。说不准你小子这株好苗子，迟早会跳龙门的。咱们中修队池塘子太小，快容不下你这条大鱼啰！"

陈海波道："队长，你在笑话我。看你说的，我眼下没想得太多，只要干好本职就行了。跟着你好好学养路护路的真招呢。"

事隔不久，陈海波被调到段教育科任见习教员。一年见习期满，工作出色，成绩突出，不仅入了党，而且提了干，翌年春，被教育科推荐到段党委办公室，当宣传干事。三年三大步，可谓多喜临门。就在他顺风顺水，进步连连，得到不少人羡慕时，一桩意外的事件发生了。

这就是他的第一桩恋爱婚姻。

三

男大当婚，女大当嫁。

陈海波本来不想过早考虑个人问题，想趁着人年轻多干点事业。可是社会中的人、事物的发展并非如此。有一天上午，段教育科科长张昕找到他说："海波，给你介绍个对象吧！是我的一个远房侄女，在我们段多经公司任出纳员，人长得挺漂亮的，名叫李娜。你先考虑一下，好吗？"

"这、这、这是好事嘛！我首先谢谢科长。不过，我现在工作繁忙，又没干出啥成绩，暂时还不打算想这个事，怕到时对不起人家。"陈海波有点紧张，腼腆一笑。

"男子汉大丈夫，你别吞吞吐吐，支支吾吾，说话办事痛快点，行不行？三天后回音。"张科长说。

"那好，我一定认真考虑，再说吧！"

当晚，陈海波躺在床上，翻来覆去睡不着。他在心里嘀咕：答应吧，自己心底没谱；不答应吧，又担心张科长多虑，现在人事关系错综复杂，稍有不慎，就会出差池。嗨，真是两难啊！出于周全考虑，只能答应见一面。第二天一早，他就给张科长回话了。

一个星期天，在市郊公园，陈海波与李娜见面了。令他感到惊喜的是，她性格文静，清纯善良，比他事先想象的好得多。两人一见钟情，一拍即合。李娜最欣赏他的是，不仅人长得帅，而且工作好、求上进。恋爱期间，陈海波针对女方比较主动，经常是挤时间与李娜约会。不到半年，他们就结婚了。

蜜月过后，陈海波把主要精力放在工作上。那时的机关工作，免不了工作以外的许多应酬。有时上级领导深入现场，视察工作，在热情周到的接待上，跑跑龙套；有时下班后，陪着顶头上司去餐馆喝喝酒、玩玩牌；再有就是一个篱笆三个桩，一条好汉三个帮，两三个朋友闲暇时，偶尔凑到一块，聚一聚，可是这样一来，李娜却不高兴了。

陈海波与李娜结婚后，因段上房源紧张，只好暂时住在女方大坪家里。对陈海波的经常在外应酬，久而久之，李娜家人自然生烦生厌。她的母亲不无责备地对她说："小娜，你找的啥子老公哟？你不缠住他的心，整天在外花天酒地鬼混，我们家不需要这样的赌徒、酒鬼。我看呀，没这个女婿也罢，省得叫人操心！"她还说："就是养只鸡、养条狗，一年半载也该下蛋生崽了吧，你看你们都搞了些什么名堂呀！连自己的男人都管不住……"

"妈妈，打住，您就少唠叨几句吧，您越讲越离谱了，回头，我会好好找他谈一次的。"

谈的结果，效果不佳，陈海波说："娜娜，你叫我适当减少应酬可以，但段领导打招呼，必要的应酬，我不可能不去参加，现在的我，已不是当工人时的'两点一线'了，上班，下班回家。再有，是我俩过日子，你要多包容，你不能处处都听你妈妈的。"

一天深夜，陈海波因陪上级领导，喝得酩酊大醉。散席后，当他搭出租车回家时，已是深夜零点过后。天，漆黑一片，电闪雷鸣，紧随着就下起了瓢泼大雨。当他敲了好一阵门，李娜才来开门。打开门一看，陈海波已在飘雨的屋檐下睡着了。她没有将他搀扶进屋，而是砰的一声关上了房门，嘴里还狠狠地骂了一句："酒鬼，你就死在外头吧，还回来干什么？！"

翌日一早，陈海波酒醒了，发现自己在街沿边的风雨中躺了一夜。随即起身冲进屋，二话没说，带了几件换洗的衣服，就上公交车朝段上赶去。

陈海波对这段婚姻彻底死心了。

离婚前夜，陈海波找李娜诉说苦衷："离婚大事还是要慎重再慎重，娜娜，你好好想一想吧，咱们成个家不容易，我的毛病和问题，我一定会认真改正，尽量不让你和妈妈焦心。不过，希望你今后凡事要有主见，自己要有清醒的头脑，现代社会和官场，情况比较复杂，我作为一个小兵走仕途，遇事不敢不听顶头上司的话。所以呢，当你妈妈对我有抱怨时，你要多美言多作解释，免得她老人家整天疑神疑鬼的。否则呀，情况会很糟糕。哦，对了，我差点忘了，明年开春，我打算将咱们这几年积蓄的几万块钱，在市郊区买个小户型的按揭商品房，与父母分开居住，可能矛盾会减少些，看你意下如何？不然，将来你会后悔的。"

"我不后悔，不离，我才会后悔一生。陈海波，你别说了，现在说什么都晚了。"李娜眼含热泪道，"我是吃了秤砣铁了心的，我这辈子不可能不听妈妈的。我爸爸因病，在我9岁那年就去世了，是妈妈含辛茹苦，一手把我这棵独苗拉扯大，我怎么可能离开她？亏你想得出来。算了吧，明天早晨我俩就去办离婚，好说好散，如若不然，我就将咱俩吵架的事闹到段上去，看你要不要颜面？！"

"既然你把话说到这份上，这么不听劝，不听挽留，还这般固执绝情，我也无话可说，离就离呗！"陈海波认真地想了想，没有任何可能挽回这桩婚姻，就只能这么说。此时，他的内心在滴血，也深知强扭的瓜不甜："那好吧，就按你的意见办。"

陈海波心想，如果李娜发了疯，非要把家庭婚姻的事闹到单位，负面作用是会很大的。因此，他思考再三，只好答应她的要求，几万块钱，自己一分不要，净身出户。他想，李娜毕竟是女人，今后再嫁人，难处会很多的。

办完协议离婚手续，陈海波心里难过了好一阵。几天后，他又重新振作起来，仿佛从原来的束缚禁锢中解脱出来。无烦恼，他显得一身的轻松，干起工作来，如鱼得水，游刃有余。当年底，因段党委宣传工作创下不少特色亮点，获得分局、路局宣传部好评。

四

莎士比亚说过：世界只是一个戏台。如果这话没错，人生就是一部戏剧。人世间，每个人每天都在扮演着不同的角色，有在舞台上演戏的，也有看戏的。养路人在铁道上演养路热情奔放的，扣人心弦的交响曲，虽不像禁毒卧底警察那般在刀尖上行走，但也有自身存在的价值。尼采的经典名言，言简意赅，字字珠玑，富有哲思哲理。他道：人才出于贫寒家庭，莲花开在死水。他还说：没有可怕的深度，就没有美丽的水面。

陈海波深知，每一个不曾起舞的日子，都是对生命的辜负。

世事无常，人心叵测。特别在男人和女人的感情问题上，往往像一团乱麻，剪不断，理还乱。瞧瞧，陈海波与李娜的婚事，本来已是一刀两断，分道扬镳了。可最近又旧事重提了。

遭遇第一次婚姻失败的陈海波没有消沉，而是集中精力，充分发挥潜在的聪明才智，在干好本职工作之外，他报考了中央党校函授学院政治专业，又报考了西南交通学院机械化作业本科，深造毕业后，又继续攻读硕士研究生。他坚信艺多不压身。可就在这时，新的感情纠葛又降临在他的头上。而此事有些令人匪夷所思。

李娜早不找，晚不找，就在最近路局下令，借调陈海波到路局党委宣传部助勤时，他接到了李娜的电话，语气温和，就像初恋时一样："海波，最近工作忙吧！看在曾经夫妻一场的份上，或看在特殊朋友的情分上，给我一个机会，咱们好好聊聊天，怎么样？"海波本想拒绝，但转念一想，作为朋友，见一面又何妨。他心里十分清楚，她是想来修复感情，破镜重圆的。他说："那好吧！你定个时间、地点，我准时到。"

这是五月一个夜晚，在一阵微风之后，天空下起了淅淅沥沥的小雨。陈海波和李娜出现在市内清风茶坊。两人坐定后，一人来了一杯茶。他没磨叽，直奔主题，开门见山道："李娜，如果我没猜错，今天是冲着复婚来的吧！"李娜说："对呀，我是有那个意思，也不完全是，主要是向你诚恳道歉来了。过去都是我的不对，不该任性，处处都听我妈妈的，希望你能谅解。如果你能原谅，咱们再续前缘，和好如初如何？我妈妈说，小两口闹别扭，实属正常，舌头和牙齿亲密无间，有时还难免血战呢！我妈妈说，小两口吵架，是对婚姻的考验，只要彼此互相哄哄诓诓，一方说几句软话，再深的矛盾也会自然化解。我妈妈还说呀，小两口……"

够了，晚了，一切都晚了。世上没有后悔药。陈海波语言平和，且一本正经道："李娜，你以为婚姻是儿戏，玩过家家，想来就来，想走就走嗉！是逛自由市场，想卖就卖，想买就买吗？当时，是你死活要分手，我再三劝你再认真考虑一下，可你就是四季豆不进油盐，听不进去，而且没有一点回旋的余地，把话都讲得太绝了。哦，你现在知道后悔了，长醒了嗉，可是，一切都晚了。还有，你妈说，你妈又说，你妈还说，你什么时候能长大、能动动脑子，有自己的思想。在你任性发脾气的时候，你考虑过我的感受吗？离开我之后，你或许会找到自己的幸福，在你眼里，我是一个不值得你爱的王八蛋，是个混混，烂命一条。我坦白地告诉你，今天我俩见面之前，我已给张科长去过电话，他说，一切由咱俩的谈话为准，他不再掺和意见。另外，我实话告诉你，我已有了新的女朋友，请你自重，我求你，不要再来干涉我的生活，好吗？我不想为过去的事，再给自己添堵，再找些虱子在头上爬！"其实，有女朋友的事，陈海波是在撒谎。他想，有时美丽的、必要的、善意的谎言，能化解一时的尴尬，一时难以调和的矛盾。总之，他想与她的关系一刀两断，不再藕断丝连，弄不好，会坏大事，会无端消磨一个人的意志和精力。

"那，那我可不可以理解，咱俩的事，再无和好的余地？"

"你是聪明人，你说呢。"

"哦，我明白了，全明白了，你就当我今天没来过，什么也没说。"

"随你怎么想，反正我不想在婚姻问题上，再跌跟头！"

李娜起身哭着跑了。陈海波没追出去。不一会儿，她就消失在夜幕中。陈海波看到她渐渐远去的背影，心，一下子又有些软了，多多少少有些难过，一个好端端的女孩子，怎么就被长辈惯成这副德行、这副模样。此刻，他只有在心里，默默为她祈祷，只要她不一哭二闹三上吊就好。

　　好马不吃回头草。陈海波心里想，我这辈子找不到比李娜漂亮的，难道还找不到一个志趣相投，善良贤淑，同甘共苦，相依为命的伴侣。

　　半年后，助勤期满，陈海波被正式下令为路局宣传部部员。

　　没有失败婚姻的纠缠，没有家庭琐事的烦恼，他轻装上阵，一心扑在工作上。在宣传部当新兵期间，他虚心好学，不耻下问，拜能者为师，做到少说多干，说话办事，雷厉风行。尤其是正副部长和师傅们交代的事，上下楼，他都是风风火火，三步当成两步迈。无论是通讯报道，生产宣传，还是理论教育，陈海波都干得有板有眼，风生水起，成绩显著，很讨同事们喜欢。

　　三年不到，陈海波政治上进步快，一跃晋升为副科级部员。不久，又被提拔为副科长、科长，同时，在政工职评中，由助理政工师升为政工师、高级政工师。在鲜花和掌声中，他没有沾沾自喜，没有陶醉，而是把成绩和荣誉当成进步的新起点。特别是在任理论调研科科长时，他结合路局新时期改革之年政治思想工作的实际，按照部长的旨意，深入基层50多个准县团级站段，搞深入细致的调查研究，在运输生产现场获取大量第一手材料后，精心构思，撰写了不少有深度、有分量、有决策依据、有指导、推广价值极高的调研文章。其中一篇题为《对政治思想工作"三合一""大兵团"作战的前瞻性思考》，不仅在国家级刊物上发表，而且使路局党委当年度夺得全国思想工作创新奖。从此，陈海波声名鹊起，同事们夸他："厉害！路局能获国家级大奖，他功不可没。"

隔了两年之后，三十出头，朝气蓬勃的陈海波荣升为宣传部副部长，堪称新贵、翘楚。在此期间，好心的红娘又给他介绍了女朋友，对方是市日报经济新闻部的记者，名叫胡晓莉。她是黄花大姑娘，毕业于四川大学新闻系。两人一见面就心心相印。不久，他俩就完婚了。

一年后，路局提拔陈海波为云贵高原的六盘水工务段党委书记。此情此景，他犹豫了，徘徊了，甚至还有点迷惘。

是去，还是不去呢？在组织上的决定面前，陈海波别无选择。

赴任前，他去找恩师、老宣传部长刘万才。刘万才对他推心置腹道：你出身寒门，在官场人际关系异常复杂多变的今天，你能被路局党委，任人唯贤地选中，纯粹是你的德才兼备，深深地打动了上级领导，否则，你不可能有这么快的政治进步。你可要好好珍惜这次难得的机遇啊！据我所知，你是新中国成立以来路局第一个32岁就任企业党委书记的。去了以后，无论如何要把工作搞好，不要辜负组织上的信任和殷殷嘱托。六盘水，离家是远了点，工作环境和生活条件艰苦得多。但从另外一个角度上讲，是大熔炉，也是一种最好的锻炼。去了之后，少惦记小家庭，我想，这方面你懂的，应把主要精力放在工作上，让家庭适当让道。

"好，刘部长，我听您的。"老部长的谆谆教诲和点拨，陈海波谨记在心。现实生活中，他切切实实摆脱不了小家庭的重负。自己的父母年迈多病，一对双胞胎女儿才满周岁，爱妻胡晓莉又经常下区县采访，几乎腾不开身照顾女儿，就只好甩给外公外婆带。

陈海波深知，军令如山，不可违抗。铁路系统历来具有半军事化管理性质，还有点多、线长、流动、分散的特点。去年 3 月，路局机关的一名科长，组织上提拔他去偏远山区的一个站段当工会主席，他闹情绪，借故身体有病，不愿去，喜欢机关养尊处优的工作环境，加之，他特别强调小家庭的种种客观因素，委婉对抗组织决定。结果，被就地罢免发配到市郊一个铁路单位，降级降职任副科长。据说，路局领导气愤之极，说此人政治思想素质不过硬，喜欢个人小九九，被打入另册，很难再起用。

陈海波利用两天时间，把家里的琐事简单做了安排之后，就准备去新单位报到。临行前，胡晓莉对他说："海波，亲爱的，你就放心地去吧，我和咱爸咱妈，会照顾好两个宝贝女儿的。你想呀，组织上起用你，毕竟是提拔使用，就是平级工作调动，你敢说不去?!"他说："对对对，感谢你提醒，真是知我者，晓莉也。那，今后家里的事，就要多多辛苦你们了，去待多久，我不知道，也许三年五年，也许遥遥无期，你和二老要有足够的思想准备啊！"

她说："历来成大事者，都要下一番苦功不可。"

五

自 20 世纪 80 年代初期入路以来，陈海波，亲历和见证了 1985 年铁路"大包干"主辅分离，投入产出，自负盈亏；亲历和见证了 2005 年，铁路"三一八"改革风暴，一夜之间，铁道部下令撤销 42 个分局，由 18 个路局统管，要求站段相对独立作战；更亲历和见证了前几年铁路由垄断的央企，变为政企分开，产权明晰，成立中国铁路总公司，下设若干个路局集团公司。面对一次次深化铁路改革的变局，他都信仰坚定，旗帜鲜明，坚决拥护，事事处处，识大体，顾大局，从不在政治和工作上，给组织发杂音，添麻烦。陈海波深知，世间万物，分久必合，合久必分。分有分的道理，合有合的艺术。他不知这次组织上安排他去六盘水，前路是福，还是祸。

六盘水工务段，地处云贵高原，素有"凉都"之称。

这是一个飘雪的隆冬，坐了一天一夜的普快列车，陈海波终于抵达六盘水。其实在车上，他想了很多很多，想起了中国铁道之父詹天佑，想起了治理沙丘的县委书记焦裕禄，还想起了两次上雪域高原的孔繁森。与榜样模范比，我又算得了什么呢？

前来接站的段长邬华志和党办主任小高对他说："陈书记，欢迎欢迎！你初来乍到，今天晚上好好休息一下，明天上午 9 点，段领导班子见个面，晚上，我联系了当地的一个农家乐，吃点野味，算是为你接风洗尘，你看咋样？"

陈海波一脸正色道："我不是来享受和游山玩水的。邬段长，你们的心、你们的情我领了。这样吧，今晚 9 点，班子先开个碰头会，明天正式投入工作，接风宴，就免了吧，如果你们觉得实在过意不去，就在段机关食堂多弄两个菜，就算接风，你看如何？"

"这样，会不会太简单了。" 邬段长说。

"不会的，你听我的没错。"

"那好吧，我听陈书记的。"

当晚 9 至 10 点，六盘水工务段领导班子在小会议室集中，段长邬华志主持会议。陈海波在会上简单表态：我是来向大家学习的，今后工作上，还望诸位多多关照，多多支持、帮助和赐教。接着是九名班子成员分别发言。散会后，陈海波就回到了事前段上安排的招待所。

窗外，大雪纷飞，室内，一片静谧。躺在冰凉的床上，虽然有事先预热的电热毯，但陈海波仍辗转反侧，久久不能入眠。他想起了刚当养路工时的事，想起了这些年孜孜不倦，潜心奋斗的经历，想起了这次接命令那天，路局党委书记和干部处处长找自己谈话时的情景。肖书记站在讲政治的高度，非常严厉道：成昆铁路曾是一条创造世界三大奇迹之一的大动脉，六盘水工务段，不能军中一日无帅。上届班子闹不团结，班子成员之间勾心斗角，七爷子八条心，工作几乎处于被动的应付状态，安全事故频发，组织建设也几乎处于瘫痪状态。你去后，是绝对的班长，是班子的灵魂人物，要充分发挥党委的核心作用，把大家凝聚成一股绳，心往一处想，劲往一处使，迅速扭转安全运输的被动局面，切记不能再出问题。该段原来的何书记低聘到路局政策研究室任副主任。我相信，你血气方刚，初生牛犊不怕虎，工作上一定会旗开得胜，马到成功的。

尊敬的肖书记，我何德何能？你们如此抬爱。不过，请您放心，谢谢路局党委常委和您对我的信任和重托，上任之后，我会竭尽全力的，在号准每名班子成员脉搏的基础上，紧紧团结大家一起奋斗！陈海波说。此刻，他不敢夸下海口，不着边际地表决心，只能是谦虚谨慎，量力而行。

可是眼下，从刚才会上各位的眼神中，陈海波却已经察觉到了等待观望，消极懈怠，甚至是各怀心事，一副不了然的样子。只有段长邬华志的表情稍微正常些。来之前，陈书记做足了功课，他知道邬华志是从一个普通的养路工、劳动模范，一步一个坚实脚印成长起来的段长，他工作实打实，是个性情中人，脾气暴躁，凡事丁是丁卯是卯。平时不善言辞。简言之，多勇少谋。与他搭班子，应该是彼此优势互补。由此可见，虽不能说这是一个烂摊子吧，陈海波也不是受命于危难之际，但至少是前景不容乐观。

第二天上午8点，召开全段机关干部大会，邬段长受路局委托，先宣布了陈海波的命令。陈海波发表了言简意赅的就职演讲。散会后，陈海波给邬华志段长打了一声招呼，就带着党办主任小高和技术科技术员、工程师小顾，手拿点检锤、扛着轨道测平仪，徒步走线路去了。

深入基层期间，陈海波从来都是轻车简从，吃住在车间，一点不搞生活特殊。有一天，他在邓家湾工区了解到，两年前从甜城分来的一名青工小白脸齐顺天，不安心工作，怕吃苦，经常闹情绪压床板，即使出工，也不出力。后来经过摆谈交心，得知小齐父母去世得早，他是跟着姨爹姨妈长的，性格内向、孤僻、古怪，遇到不顺心的事，动不动就会提刀威胁别人。陈海波还了解到，小齐业余喜欢练书法，喜欢吟诗写散文。他对小齐现身说法：我也是一名养路工出身，因踏实工作，加上我平时的写写画画，受到了上级的青睐，才逐步成长起来的。人生的路，从来就不是平坦的，只要勤勉好学、善思、悟道，苦苦奋斗，总会有收获的……

小齐的眼前仿佛有一盏指路的明灯，让他看到了希望，思想慢慢转变了，工作态度也端正多了。养路工的性格，大多是粗犷雄浑、耿直豪爽。这对小齐来说，自然有一个逐步适应、淬火的过程。调研期间，陈海波吃住在车间班，真有当年梁山绿林好汉那般大碗喝酒、大口吃肉、大件干活的气势。其所不同的是，他在用智慧凝心聚力，把工友们的思想统一到养路安全的工作重心上来，争取打一个漂亮的翻身仗，早日摘掉"事故窝子"的帽子。

一天晚上，陈海波一行在一线路工区职工间休铺住下。他发现卧具陈旧，就对陪同的车间党支部书记老刘说道："这些设备早该换掉了，为什么不向段上打报告换新的？你今晚就写，明天我就带回去。"刘书记有点尴尬，一边小鸡啄米似的点头，一边说："谢谢大书记的关怀！"

巡线路过一隧道口时，他们发现山坳上有一个铁道兵烈士陵园，便去进行瞻仰和缅怀。伫立、默哀、献花之后，陈海波声情并茂道：当年铁道兵修筑这条成昆线时，发扬"逢山开路，遇水架桥"的精神，流芳千古，永垂不朽！如今我们再苦，也没有他们当年披星戴月，风餐露宿辛苦。如果我们这代人，不赓续这种红色基因、红色血脉与精神，不传承先烈们的优良传统和作风，不细心呵护、不精心养护这条国民经济大动脉，就对不起长眠在这里的烈士们……

六

大约一个月的调研结束了，陈海波从生产现场——十几个车间和五六十个工区班组获取了大量的第一手材料。这对于下一步组织建设如何抓、思想政治工作怎样着眼，自然是不会放空炮、瞎指挥。

周一下午，按惯例，是段党委中心组理论学习，令陈海波没想到的是，党委副书记老邹倚老卖老迟到了十分钟。邹段长说："不等了吧，咱们边学边等吧！"陈海波道："不急不急，等等再说。"话语间，邹副书记手拿笔记本，端着茶杯慢悠悠地走进会议室，嘴里连声念叨："不好意思，不好意思，刚刚接了个电话，来晚了……"此刻，陈海波先是瞪了老邹一眼，随后顺势抄起自己的茶杯，狠狠地砸在地上，怒吼道："不愿学习就明说嘛，哪来那么多屁事！你事前请假了吗？我不想听解释。难怪咱们段的工作推不动，班子成员作风都这般拖沓，能带好队伍？"这突如其来的一个举动，使在场的人蒙圈了、惊呆了、傻眼了，这是怎么啦，过去可从来没有过呀！这个小小的举动，不亚于十级台风产生的冲击波。

"陈书记息怒、息怒，回头，我好好说说他。"邬段长道。

"不学就不学，有什么了不起，你发什么疯，耍什么权力的淫威？"老邹见势不妙，转身摔门而去。

事后，陈海波书记才深层了解到，原来工务段领导班子不团结，主要是前届何书记和邹副书记之间，明里暗里斗心眼，尿不到一个壶里，针尖对麦芒，一个钉子一个眼。会上心照不宣，面和心不和，会后各搞一套，其他班子成员，不知道听谁的好。老邹资格老些，又年长陈海波八九岁，自己没去掉副字，心生不满。原以为把前任挤走后，排队也该轮自己上了，上级会任命他接替。孰料上级非但没起用他，反而又调了个比前届更年轻的陈海波来任党委一把手。于是他气不打一处来，有思想情绪，陈书记刚来，不能不硬顶，就软打整，磨磨蹭蹭。

这件事后，陈海波私下里主动找老邹交了一次心。彼此态度都很诚恳，陈书记先开腔："老邹，邹大哥，那天是我脾气不好，冲您发那么大的火，希望您原谅。是组织上的安排，我们有缘在一块儿共事，我这人对事不对人，从今往后，我不会计较的。"老邹也思考片刻道："那天是我不对，不管什么客观原因，我都不该迟到。"特别是陈海波叫他"大哥"一词，使老邹心里感到热乎乎的。人啊，就这样，一声道歉，一声尊重，是拿任何金钱买不到的。从此，工段中心组学习，再没有出现类似迟到早退现象。风气正了，心齐了，干劲自然也有了。其实，这是陈海波拿准了火候，瞅准了机会的大智慧，只有这样，才能树立自己在班子里的威信和魄力。

刚柔相济，是陈海波的性格。当晚，陈海波在办公室忙完一天的工作后，给妻子胡晓莉打了个电话："晓莉，真对不起，除上任第一天给你通过一次电话报平安外，近三个月，这才给你主动打第二次电话，平时一周才发一次短信报平安。刚来这里，人生地不熟，琐事缠身，需要处理的事太多。我向你保证，从今天起，每周至少打一个电话问候，如无特殊情况，一月回一趟家。现在你们都好吗？"晓莉答："海波，一切还好，你不用操心。眼下天渐渐凉下来了，在外面，你要照顾好自己。明年开春，两个宝贝女儿都进小区幼儿托管所，到那时，就会大大减轻父母的负担。昨天，我才去探望了你爸你妈，二老一切正常，只是你爸的哮喘病又犯了。医生说，只要按时服药，问题不大，我建议他住院治疗，他不愿去……"

七

时间过得真快，一晃眼，三个年头流逝了。

一个周末，陈海波接到老同学、现已是铁路分局工务分处副处长杜建明的电话，说是几个老同学快十年不见，想这个星期天聚一聚，问陈大书记有没有空？他答："有空，正好今晚乘车回家休假两天。"

第二天下午，陈海波打算先去全托幼儿园接大双希希、小双盼盼回家。然后再去市内红磨坊火锅店参加同学聚会。令陈海波没料到的是，他刚把两个宝贝女儿从幼儿园阿姨手中接过来，懂事的大双希希跑过来，亲热地呼唤道："爸爸，爸爸，我好想你。"一声声叫得他酥心。而一旁的小双盼盼却感到很陌生，冷冰冰地不敢相认，嗔怪着一张小脸蛋："您不是我爸爸，您走吧，是爸爸，为什么您不天天在家里陪我们玩？您真的不是我爸爸……"嘟着小嘴不停地数落。陈海波眼睛里噙着泪花，俯下身去搂抱她："盼盼，我是你爸爸，都怪爸爸不好，爸爸今后一定改正，多陪盼盼玩，多陪你们玩，好吧！"盼盼道："好，这还差不多。"

当晚 6 点半钟，七八个同学到齐了，菜品酒水上桌，杜建明油腔滑调地说："今晚我做东，感谢各位老同学赏脸，主要想表达三层意思，一来是迟到恭喜祝贺陈海波同学荣升站段党委书记；二来是请大家今后多多关照我，共度美好时光；三是今天起个头，今后咱们逢年过节轮流做庄，多聚会多交流，以增强我们同学之间的感情和友谊。"大家齐声附和："对对对。"

席间频频举杯把盏，酒喝得不少，陈海波实感有些愧疚，因工作太忙，没能及时把老同学们邀约召集到一块，他赞同杜建明的提议，今后多聚，下次我做东。但不管怎么说，他感觉得出，今晚杜建明多少有些炫耀之意。

散席后，各回各家。杜建明和陈海波同住江南小区，搭一辆出租车返家。路途中，杜建明有些醉意地对他道："海波，你想在六盘水高原上干一辈子吗？如果不愿意，你就发个话，我在我老爸面前吱一声，他现在毕竟是路局主管工务、房建的副局长，调回城的事，他老人家讲话，保准管用……"

"听天由命，随遇而安吧！"陈海波说，"谢谢你的美意！建明，你喝多了，咱们今天不谈这事好吗？"

杜建明又道："你可不能把我的一片好心当成驴肝肺哟！"

陈海波想，自己今天的一切，都是组织上栽培和自己主观努力打拼出来的，他不希望别人施舍。

转眼又是来年夏天，工务段防洪防汛工作又成了铁路工务系统的重中之重。山区铁路，每年都面临洪涝灾害的严峻考验。今年的严峻势头，远胜于往年。

铁路是一个大连动机，需要各系统各部门的密切配合，稍有不慎，就会脱节，导致大动脉运行不畅。机务系统负责多拉快跑，神奇的"大车"（指火车驾驶员），在铁道上响着汽笛，高歌猛进，一日千里；车务系统负责各个车站的客、货核心业务，车站客、货、运转工作人员昼夜二十四小时全天候不间断地操劳；客运系统，主要负责南来北往的旅客的平安运输，身着深蓝色制服，头戴大盖帽的列车员显得格外靓丽，因头顶上的路徽在闪闪发光，代表着铁路人的光鲜形象；工务系统负责所有线路的安全质量，工务职工是默默无闻的幕后英雄；电务系统是铁路的中枢神经，是千里眼顺风耳，负责信号和通讯；供电系统负责提供机车的牵引供电；车辆系统负责客货车的检修和维护。总之，各有特点、各有难处，各系统必须密切配合，协同作战。

工务系统是铁道各工种中体力劳动最繁重的部门，质量标准也不逊色于其他系统，轨检水平仪的检测，是用毫厘来计算的。这叫失之毫厘，差之千米。线路质量一旦出现问题，就可能造成列车颠覆，车毁人亡……

盛夏八月，持续高温过后，迎来的是连续三天三夜的强降雨，导致六盘水境内铁道线多处塌方断道。一天深夜，线路防洪观测点紧急报称：狮子峰山体滑坡，大面积的泥石流已冲垮了铁道。在这个时刻，陈海波书记对段长邬华志说："你在家坐镇指挥，我和主管工程技术的副段长老柳、段长助理小岳到坍塌最严重的地段组织抢险。"

邬段长道："那里危险，地质情况极其复杂，泥石流已冲垮了铁轨好几百米，还是我去合适些！"

陈书记十分坚定地说："咱俩别争了，就这么定了。"说完，他就冒着狂风暴雨，率领老柳他们驱车风雨无阻地赶赴出事现场。

到了塌方地段后，300多名抢险队员早已在此集结，只等待一声号令，就冲锋陷阵。此刻，陈海波看见山体滑坡，足有几十万立方的泥石流冲上道床，几百米钢轨被冲成了弯弓，铁道旁边的两根高压水泥电杆也被冲倒，电线断了，横卧在钢轨上，行车中断，形势非常严峻。他叫柳副段长下令，与时间赛跑，与洪魔较量。老柳对大家高着嗓门讲道："抢险分成三个小队，分三步进行：一小队负责快速清空道芯里的淤泥，填补道砟和枕木，拨正线路钢轨，尽快恢复通车；二小队负责清除铁道两边天沟阴沟，以及涵洞里的泥石流，确保泥石流不再冲上道床；三小队主要负责迅速修筑简易隔离带，控制坡体不再坍塌，即使垮塌，也不至于直接上道……"

紧接着是简短的战前动员。陈书记道："同志们，现在是党和人民考验我们的时候到了，我们要与洪水猛兽争时间抢速度，争取打一场漂亮的攻坚战！……"话毕，他就和抢险队员们一起，冲进了泥石流。此时，有人高喊："陈书记，前面危险，你快闪开！"他却坚定地回答："跟我来！"

在他的感召下，干部职工们挥汗如雨，激战正酣……在与泥石流的搏斗中，陈书记因劳累过度，晕倒在地。同事们把浑身裹满泥浆的陈书记扶到临时搭建的工棚小憩了一会儿。当他醒来时的第一句话是："口子堵住了吗？别管我，你们快去忙正事，争取早日抢通线路，恢复通车……"

雨，仍在哗哗地下着，抢险队员们仍在紧张有序地战斗着。渴了，喝一口矿泉水，饿了，啃几口冷馒头，累了，在路边的工棚里歇一会儿，又继续投入战斗。

大修队的救援列车、运送材料的轨道车赶来了，西铁局主管工务的副局长杜彬赶来了，供电、电务系统的抢险队赶来了，就连当地组织的推土机、挖掘机、起重机也纷纷赶来了。此刻的抢险现场，气势恢宏，人山人海，好不壮观。

就在大家鏖战正酣的时候，陈海波接到二弟打来的电话，说是老父因突患脑血栓，经医院抢救无效，过世了。陈海波眼前漆黑一片，心里想，我不可能在这个节骨眼上掉链子。老柳副段长见他脸色不对劲，便问他："陈书记，咋啦，家里出什么事了吗？"

陈海波理了理情绪，十分镇定道："老父去世了，不过，我已给妻子和二弟、三弟安排好了，让他们先妥善处理老父的后事。"

老柳焦急地说："这可不行，死者为大，你无论如何得从这个阵地上撤下去，你的工作我来顶替……"

"老柳，你糊涂啊，我怎么可能在这个最关键的时刻当逃兵呢？！"

在抢险期间，陈海波忙里偷闲，与党委宣传干事小王撰写的《暴风雨来临的一天》通讯稿，被西南铁道报采用。紧接着，此文还被《人民铁道》报、新华网、重庆作家网等十多家媒体及时转载，对鼓舞士气，无疑发挥了不可低估的作用。

八

十五个昼夜的大会战，狮子峰防洪抢险大获全胜，高奏凯歌。陈海波才给邬华志段长说了声，返家一趟。他跪在老父的墓前，悲痛欲绝，哭得死去活来，嘴里念念有词："父亲，我来看您了，我回来晚了，没送上您老人家最后一程，恕儿不孝，百事孝为先，可我没做到啊！我亏欠您太多太多，欠您的养育之恩，欠您的孝敬之心，欠您的关怀备至。我知道父爱如山，可是，您儿子不是一名普普通通的职工，而是一个基层站段，责任担当的小头目，其岗位不允许我有任何的闪失、丝毫的怠慢。如果这次，不是因为抗洪防洪抢险处于最后的冲刺阶段、最后的决战时刻，我是完全可以请假回来，与您见上最后一面，可是我不能，也没有做到，我希望您老人家能够理解，能够原谅，能够多包容，不至于抱怨和怪罪吧！自古忠孝难两全！请您放心，我们会好好照顾妈妈的，最后，祝您老人家一路走好，护佑我们平安健康……"

他越哭越伤心，有一阵子甚至是号啕大哭。一旁善解人意的妻子胡晓莉上前轻轻拍着他的肩膀道："海波，人世间有太多的无奈，你也大可不必过分的自责和伤悲。我相信，父亲的在天之灵有知，他一定会体谅你的难处，事业与家庭，从来就没有绝对的平衡过，你把天平的砝码倾斜到了你钟爱的事业一边，无怨无悔，父亲不会怪你的。他会为你骄傲和自豪。"二弟、三弟，也附和大嫂，讲了不少的安慰话，这才使陈海波心情稍稍平静了一点儿。

返回六盘水后，陈海波从低迷的精神状态中重新振作起来。段上召开防洪抢险总结暨表彰大会，段长邬华志作了全面细致的总结，陈海波则在颁奖过后强调：这次抢险，涌现了一大批可歌可泣的先进典型，其表现出的大无畏的英雄壮举，可彪炳史册。因此，我建议，党委办公室的同志近期再辛苦一下，由邬副书记牵头，组织段上的秀才们，对每一个受表彰的突出个人，进行深入的挖掘和采访，根据撰写稿子的情况，编辑成一本书，书名我都想好了，就叫《勇往直前》吧！必要时，我们邀请路局几名资深作家到段采访，并为本书作序。我坚信，这是一笔宝贵的精神财富，对激励工务人，激励年青一代，大有益处。"

"我完全同意陈书记的意见，段行政大力提供资金支持。"邬华志段长表态。这时，邹副书记也说："请陈书记放心，保证按时按质，圆满完成任务。"

不久，《勇往直前》以内部资料的方式出版了，主题鲜明，图文并茂，装帧精美，一时间在全段上下引起不小的轰动。在路局召开的防洪工作表彰大会上，党委肖书记对六盘水工务段狮子峰抢险的英雄事迹，进行了特别的点名表扬。这无疑是对六盘水工务人的巨大鼓舞和鞭策。

邬段长和陈书记从路局开完会回来，他们就着手开始文化建设的设想，争取在基层车间班组打造带有工务浓郁元素的文化艺术墙，建立图书阅览室，填补职工工余无所事事的空白，与此同时，对环境条件较为成熟的桥隧车间和养路车间，建篮球场、健身房、乒乓球台等，开展文体试点，以点带面，全面铺开。为加大文化建设力度，段工会从生产现场抽调了三名文艺骨干，其中就有邓家湾工区的小齐，齐顺天。

三年后，陈海波没想到，组织上又调他到山城北工务段任党委书记，意在兼顾工作和小家庭两不误。他走后，上级党委对六盘水工务段领导班子进行了大换血。邬段长到点退休，由柳副段长接任，党委书记一职，由副书记邹东担任，党办主任小高被提拔为党委副书记。

这次调整，其他班子成员正常晋级提升，而在邹东的任命上，多少有点障碍。当路局干部部鄢部长下来考察时，曾面对面地问过陈海波："他，接替你行吗？"

"怎么不行？邹东早年毕业于华东师范学院中文系，政治素质过硬，党务工作驾轻就熟，工作作风扎实，在全段干部职工中有较高威信。"

鄢部长道："我听说你刚来时，对他可是发过脾气。"

陈书记又补充说："为了学习工作，为大胆管理，我不只对他一人发火。总不能一棍子将人打死，这几年，他当我的助手参谋，工作起色很大，尤其是在党委宣传和文化建设上，做出了显赫成绩。"

"哦，原来是这样的。"鄢部长道。

九

陈海波去山城北工务段不到三个月，意外收到去铁道部党校培训三个月的通知。行内人士知晓，铁道部党校是培养铁路企业局级领导的摇篮，不少站段党政主官，削尖脑壳想往里钻，都钻不进去。陈海波好像没怎么费劲，就被上级钦定去深造，返回后，就不一定回到原来的单位了。据内部人士透露，路局眼下党委副书记老马即将到点退休，工会汪主席被提拔到路局成绵乐工程建设指挥部任局级指挥长去了，该岗位暂时空缺。

在党校期间，陈海波除了刻苦学习，课余很少出去走动，就连在部里工作的老同学，他都很少去拜访，一句话，他不擅长注重这类人脉关系。与他一同来学习的另一名站段党委书记夏中天，却恰恰相反，隔三岔五，就要去约见铁道部运输局的副局长赵建明，关系融洽密切，给他指点江山。陈海波对此不屑一顾。心想，投机钻营，我搞不懂。

短暂的三个月，一眨眼就过去了。陈海波没被提拔，还是返回到山城北工务段干老本行。夏中天，因有部里部门头头撑腰，打招呼，如愿以偿，当上了分局工会主席。按常理，夏中天是运输出身，本应该提为副局长，可是行政副职目前满员，组织上叫他暂时在党群口这个岗位上过渡一下。而陈海波的命运和运气却没有夏中天好，非但没有被提拔使用不说，反而，因管理不善，段上连续发生三起安全事故，他和段长都被降了级，段长被降为副段长，继续留在本段主持行政工作，陈海波降级后，被调到成渝线甜城工务段，任党委副书记。

这究竟是咋回事呢？说来话长。

山城北工务段，是原江岸分局眼皮底下的一个段，是个出了名的烂摊子，可谓"灯下黑"。上级领导班子大换血之后，组织上原本派优秀党委书记陈海波去好好抓一抓，收拾收拾，争取使该段早日走出阴影，走出魔咒，走出低谷。料想不到的是，他刚从部里学习回来不多日，段上相继发生了三起安全事故：一是机械伤人。机械上道作业，防护不到位，造成三死一伤，其中，一名正式职工，两名民工。二是汽车事故。春节前夕，由段工会主席带队，下基层车间班组慰问，岂料，汽车在途中超车速度过快，导致翻车，同车五人，幸存两人，死的有工会主席、驾驶员和工会指导员。三是公款被盗。工务段多经企业的出纳员，携 300 万元公款突然失踪。

这三件事凑到一块，压力山大，陈海波和赵段长难辞其咎，除层层受处罚处理外，他俩党政一把手，负有不可推卸的管理责任。在事故分析反思会上，他痛定思痛。按有的人的说法，陈书记是顶包的，是冤大头。可是他却不这么想，他说："那可是一条条活生生的生命啊，就这么说没就没了，这简直就是犯罪，上级发落是应该的。"

受到降职和行政记大过处分的陈海波没有灰心气馁，没有打退堂鼓。他坚信，人在做，天在看，头顶三尺有神明。他认为，出了事，自己就应该负责任，就应该受到组织上应有的惩罚，牢记血的教训，深刻反思。在成渝线甜城工务段当党委书记助手期间，仍振作精神，从不懈怠。心想，前车之辙，后事之鉴，自己还年轻，还有东山再起的机遇。果不其然，处分期限刚过，路局党委又起用了他，把他调回山城北工务段任党委书记。他在领导班子会上道：我是犯过错误的人，组织上没有嫌弃和抛弃我，我会倍加珍惜这次出山机遇，希望我和班子能团结带领大家踔厉同心，把上级交办的事，实打实地干好……

十

日复一日，年复一年。

五十挂零的陈海波已没有太多的想法，没了桀骜不驯，没了血气方刚，但骨子里却保持着执念铁道的旺盛斗志，一点没有衰退的迹象。他始终认为，这些年组织上没有薄待自己，终于把自己调回了山城，结束了牛郎织女的生活。工作家庭两兼顾。此刻，他最大的心愿，就是趁有限的职业生涯，争取做出点成绩，给后来者、给下一代养路人留下点什么。

这次回来的陈海波，为了不辜负党组织的信任和抬爱，多了一份成熟，少了一些急躁和冲动，他要穿钉鞋、挂拐棍——稳扎稳打。事事处处小心谨慎，这叫吃一堑长一智。山城北工务段，是他梦想放飞的地方，也可以说是故地重游，衣锦还乡，也可以说是他茁壮成长的地方。这次回归，该段干部职工对他有一种亲切感，他们相信，经过无数次人生挫折洗礼后的陈海波，一定会成为段上各项工作的主心骨，也一定会带领大家迈向光明的未来。他自己也坚信，山重水复疑无路，柳暗花明又一村。

赴任后，陈海波仍是原来的工作作风，第一天与段上领导班子见面，第二天一早，就带着党委干部科黎科长和技术科工程师小谢，去走线路。走线路，每天走两三个区间，每一根钢轨、每一根枕木都要走到，细致察看，发现问题，马上记录，并用粉笔在钢轨侧面打上标记，随后通知有关养路工区及时处理。巡线，还包括道床石砟、桥梁隧道、涵洞危岩边坡等。用诗化的语言描述，就是在钢轨与枕木铺就的诗笺上，谱写美丽的人生。用陈海波的话说：高铁时代的线路质量，来不得一丝一毫的含糊。

15天左右，他们走遍了全段管辖的13个车间和56个班组。每到一处，除了解安全生产情况外，陈海波还特别关心各党支部、党小组的组织建设、政治思想工作和文化建设。在他看来，一个支部就是一个坚强的战斗堡垒，一个党员就是一面鲜艳的旗帜，工务段党委的声音，是否能不打折扣、准确无误地传导到基层党支部，就显得至关重要。当他来到一桥隧车间党支部吴书记办公室时，发现办公桌玻璃板下，除有一张全段常用的电话号码表外，另有一张泰国的彩色人妖半裸相片，以及几张当下走红的歌星像时，顿时忍不住火冒三丈，敲着桌子瞪着眼虎着脸道："在搞什么鬼名堂？这就是你每天的工作状态？这就是你崇拜的偶像？赶快取出来，否则，我撤你的职！"

吴书记全身筛糠，不知所措，一时被呛得哑口无言，好半天，才吞吞吐吐、语无伦次："陈书记，我，我，我错了，我的思想有问题，我马上把这些相片撤下来，下不为例，我一定改正……"

陈书记说："那好嘛，鉴于你的端正态度，这次就饶了你，给你一个悔过自新的机会，不追究你。如果下次再让我撞上，我和段党委会将你作为反面典型，决不轻饶！且不说你思想道德品质有多坏多糟糕，但至少说明你的世界观、人生观、价值观有问题，你的行为，是我们工务人、工务兄弟所不允许的。你毕竟是党的干部，不是小青年，不是普通工人。"

离开该车间，陈海波心里想，现在的人都怎么啦，难道新时代主旋律正能量的宣传听不进去，劳模先进，还不及人妖和大腕歌星？! 这真是咄咄怪事，乱弹琴，可悲啊！

以此为鉴，他决定在全工务段范围内，扎实地、大张旗鼓地开展思想建设和文化建设。

不久前,陈海波接到杜建明的电话,说是他已荣升路局工务处处长了。陈海波对他表示衷心的祝贺。

又过了几天,又意外地接到前妻李娜的电话,说她打了半辈子单身,最近又找了一个大款男朋友,准备结婚,请他喝喜酒。他说:"好哇,到时我一定前来祝贺!"

一眨眼,又是九个年头过去了。陈海波回顾自已走过的路,在山城工务段的岁月里,不仅领着大伙儿把党的组织工作、思想工作和廉政工作,搞得风风火火,扎实有效,成绩斐然,自已被中国铁路总公司评为"优秀党务干部",其所在单位也被路局党委授予"基层先进党委"称号和"十面红旗"之一,工务段行政荣获国铁集团"优质工务段"的殊誉,而且文化建设也取得了丰硕成果。换言之,精神文明之花,开出了鲜艳的物质文明之硕果。

记得,路局党委书记到中国铁路总公司开会,临走前,专门给陈海波打电话,要求他把"政治思想工作十八法",尤其是思想工作的"五必谈、三必访",发到他手机微信上,以便在向上级汇报时使用哩!

这些年,陈海波在山城北工务段主持党务工作,每年都要组织党群部编写一本近30万字、反映全段工作各个方面的大书,旨在给工务人树碑立传,留下漫漫的奋斗足迹。在这些书里,几乎看不到他和领导班子成员的影子,即使有,也不过是只言片语。用他的话说:我们班子工作是否出彩,上级领导心里有杆秤，由他们评定，最为客观真实。

这就是陈海波这个舞者的风格。

九个春秋，陈海波与全段3000多名干部职工风雨同舟，创下过不少耀眼的辉煌。如今他就要退休了。此时此刻，他和同事们有太多的话想聊，可他却很低调，认为工作都是大家一起干的，没啥值得骄傲和炫耀。

陈海波开退休欢送会的头一天，轮到他值班，段长对他说："陈书记，今天的夜班，我替你值了吧！"可他执意不肯："不行，我必须站好最后一班岗！决不能在平安着陆前，天快亮了，留下遗憾吧！"

第二天欢送会结束后，陈海波及时把自己手机上的20多个工作微信群全部删除，意在不给在岗的同事们添麻烦。用陈海波的话说："几十年拼搏过来了，好不容易轻松下来，总不能还去过多惦记工作上的事吧！请相信，我不在岗，他们一定会把工作干得更出色！"

这，就是铁道上的舞者，陈海波在铁道上留下了深深的足迹！

那天，陈海波在一茶楼与一知音聊天，他兴致勃勃道："退休后，我在谋划一件有人生晚年意义的事。"对方问他："啥事？"他说："暂且保密，到时候你就知道了。"事隔不久，他的朋友在手机微信上发了一段陈海波畅游长江的视频，说他是昔日的市少年游泳比赛的第三名，现退休后，加入了市老年游泳队，近日，正在从宜宾向山城朝天门码头挺进哩！

过去，陈海波是钢铁大道上的舞者，把美好的青春和壮年，献给了恢宏的铁路事业。如今是老年游泳健将。

据说，他还准备写一部自传哩！

新的候鸟

走啦，天热了到黑山谷避暑去。

张莉萍重新找了一个老公，叫周大庆，心眼特别好。目前老两口很恩爱，她沉浸在无比的幸福之中，经常在朋友圈发短信、视频晒自己的美好生活。周大庆不仅在市内养生著名风景区黑山谷买了避暑的两室一厅的度假房，而且明年还打算在海南文昌，靠海边买一套越冬房哩。

张莉萍的闺密冯大姐逢人便夸：莉萍谈这场旷世的黄昏恋，值了。是她自己遭难之后修来的福分。真是好人有好报啊！与她过的去生活相比，简直就是新旧两重天。

有人说，张莉萍辛辛苦苦一辈子，苦日子总算熬到尽头了。而迎来的是新的明媚阳光、新的家庭、新的美滋滋的生活，就是睡着了，也会笑醒的。她像一只新的快乐的候鸟，在晚霞的天空里自由地飞翔。或许，这就是人生的法则：苦尽甘来。

提起张莉萍的身世，其命运也够凄惨了。俗话说：好女不嫁好男，好男不娶好女。这话搁在原来的牛凯和张莉萍身上，是再合适不过了。

张莉萍的父母都是铁路上某车站的装运工，全家姊妹五个，她排行老幺，人唤五妹。按说，她在家中，长辈会视她为掌上明珠，应该有一个天真无邪的金色童年。然而，命运捉弄人，因家境贫寒，朝不保夕，她不可能得到应有的宠爱。20世纪六七十年代，上头不知怎么搞的，国家不讲究计划生育。在人多力量大干劲足的鼓动下，父母在穷得掉渣的情况下，还想生一个老幺儿，结果没能如愿，又生了一个闺女，丫头片子。咋办，母亲身上的一块鲜活的肉啊，总不能活生生地抛弃或掐死吧！

她的两个哥哥相继当兵到部队守边防去了，两个姐姐又先后下乡到农村广阔天地当知青。再后来，两个哥哥告别绿色沸腾的军营，入职铁路，娶了媳妇成了家。两个姐姐返城到地方企事业单位工作后，也先后嫁了人。而张莉萍还一直待在老父老母身边，直到那年她高中毕业。父亲提前退休，她才享受当时国家"轮换工"的政策，顶替了父亲的岗位。

人们可以想象，一个漂漂亮亮、亭亭玉立的大姑娘，整天在车站货场干笨重粗糙的体力活。起早贪黑，日复一日，年复一年，装车卸车，好不辛苦，无论是数九寒冬，还是烈日三伏盛夏，从不间断。上班不久，她娇嫩的身板就变了形，显得健硕而微胖，尤其是肩膀和双手，打起了老茧，磨出了血泡。

嗨，有啥法子，寒门子女没有人脉关系调换工种，就只有默默无闻地与命运抗争、奋斗呗！

说来也怪，突然有一天，车站货运车间的牛凯相中了张莉萍。

　　人是有灵性有高级思维的群居动物，人生没有单行道，命运的改变，是福是祸，只有她自己心里最清楚。

　　照常理，男大当婚，女大当嫁，天经地义。牛凯刚接触张莉萍时，她还没满22岁。在同事们眼里，他俩并不般配。她心里总有一层阴影，有种自卑感，自己虽是正式职工，但毕竟干的是苦累脏险的粗活。牛凯却是上海铁道学院毕业的运输管理系的正牌大学生，当过车务运转值班员，如今是站上货运车间副主任。

　　世事无常，有些事明明知道不可为，可又偏偏生拉活扯地搅和在一起。不然，怎会上演人间的悲剧呢？

　　牛凯二十八九岁，中等身材，皮肤白皙，一张国字脸上架着一副宽边近视眼镜，镜片里有一双不大不小，炯炯有神的眼睛。说话文质彬彬，看不出有丁点毛病。站区不少人夸他是除肚脐眼外，连一个结疤都没有的帅小伙。

　　然后两人都在车站上班，轮到牛凯值班时，常到货场指挥装卸作业，张莉萍自然与他的碰面渐渐多起来，彼此互生好感。有天下班后，牛凯在下班同路时向她表白，然后疯狂地追求她，张莉萍却说什么都不答应。她怯生生道："牛哥，牛副主任，你玩笑开大了不好收场哟，咱俩不合适，门不当户不对，我不是娇小玲珑那窝菜。你是富二代，高干子弟，我是一介平民小女子，怎么可能？再说呢，眼下你是年轻有为，前途无量的好青年，怎么可能瞧得上整天一身臭汗的女装卸工，你不会是一时冲动，一时心血来潮吧！老实说，我对你，只是欣赏而已……"

"莉萍，你别说了好不好。"牛凯打断道，"装卸工怎么啦，难道不值得尊重，不应该有自己应该有的爱情，不应该有自己的人生选择吗？！你没听说，爱情不分高低贵贱，身高不是距离，文凭不是问题，只有双方的感情，才是最重要的。"紧接着，他没等她回答，就又道："我爱你，是真心实意的，你别那么自卑，那么死心眼，好不好？别人看不上装卸工，我倒觉得，这是一个崇高而神圣的职业，没有可爱的你们每天辛劳的付出，怎么会有铁路运输的多拉快跑呢？我俩的事，照样可以创造人间奇迹嘛！"

"算了，算了，我不跟你较真，我是高中生，文化低，不靠谱，反正我不同意。再说，世上美女如云，你为何偏偏要在我这棵树上吊死……"

生活就是这样，阴差阳错，鬼使神差。在牛凯一次次着魔似的软缠硬磨下，甚至是死皮赖脸地央求下，终于获得了张莉萍纯洁、善良而美丽的芳心。在双方父母勉为其难的操持下，牛凯与莉萍打破常规，冲破传统的枷锁，在亲戚朋友的拾掇下，他俩手挽手，走进了神圣的婚姻殿堂。

然而好景不长，张莉萍和牛凯结合不到三年，出现了家庭危机。

牛凯先向张莉萍提出离婚，说感情不和，志趣不同，道不同不相为谋。不管莉萍在生活上如何百般伺候照顾和体贴，他要么视而不见，要么在鸡蛋里挑骨头，常常使她丈二和尚摸不着头脑，心里很烦，痛苦极了。有一天，当莉萍从牛凯的一个兄弟伙嘴里得知一个秘密，他之所以娶她为妻，是因为莉萍长得太像他在大学校园时追求过的一位女生。殊不知，大学毕业，各奔东西，那位女生心高气傲，回北京到她父亲的公司做事去了。牛凯返回山城重庆后，就来到了这个车站上班。心里想，我就不信，缺了红萝卜不成席。于是，就娶了张莉萍。

几年来，牛凯的新鲜感早已过去，仿佛做了一场梦，当梦醒的时候，他才追悔莫及，才觉得与张莉萍的文化差异、修养气质，实在是距离太大了。

那天晚上，当牛凯再次向张莉萍提出分手时，她再也忍不下去了，愤怒道："当初，你死皮赖脸地求我嫁给你时，你是怎么山盟海誓的？海枯石烂永不变心，说是会真心的爱我，会白头偕老，会给我一生的幸福。当时，我又是怎么说的，你不会忘记了吧！我说咱俩不合适，不般配，差距太大，你前途光明。可你却死活不依不饶，非要求我嫁给你，如果我不答应，你就要去卧轨自杀。现在咱女儿娇娇都两岁多了，你却出尔反尔，要闹离婚，毁这个家，难道你的良心被狗叼去了？你真狠心，叫女儿从小就没有爸爸！你真忍心女儿上学后，坐在教室，思绪飘飘，人在曹营心在汉吗？你给我滚，有多远滚多远！……"

"你莫撒泼耍横，你莫吼嘛！这叫此一时彼一时。"牛凯大言不惭，一点不讲夫妻情分，他也不甘示弱，勃然大怒："姓张的，实话告诉你吧，我已另有新欢，如果你识相点，日子好过点，好说好散，也就罢了，否则，我会对你不客气，天天折磨你，直到你答应在离婚协议书上签字为止。"

莉萍听了这番绝情的话，再也控制不住自己的情绪，一股脑发泄出来："牛凯，你不是人，是浑蛋，是个乌龟王八！当年你在校园没追到那位姑娘，找我当替代品，如今玩腻了，看烦了，审美疲劳了，想换个口味，告诉你，你这是性变态，没门！如果你真敢这样无耻，我一定会去车站找领导告你，你信不信。"她的一席话，再次惹怒了牛凯，他上前先顺势给了她狠狠的一耳光，然后又抄起桌上的一个陶瓷茶杯，朝着张莉萍的头部砸去。顿时，鲜血直流，她倒在了血泊中，晕了过去。女儿被吓得哇哇直哭。可牛凯嘴里还念念有词："我恨不得一刀宰了你，看你今后还敢不敢跟老子叫板？"

当张莉萍从昏迷中醒来时，已是第二天下午了。

躺在铁路医院病床上的张莉萍，对假惺惺守在旁边的牛凯，泪流满面，一字一顿道："姓牛的，你赢了。我想通了，想好了，也想清楚了，强扭的瓜不甜。你走你的阳关道，我过我的独木桥，我不阻拦你，也不坏你的好事，你把离婚书拿过来吧，我签字。不过，其他没什么指望，只希望你看在过去夫妻一场的份上，今后对咱们的娇娇好一点。"

牛凯说："请放心，我会的。"

张莉萍内心很苦很痛，可谓忍辱负重，怎么会遇到这么一桩倒霉的婚姻，一个负心郎。算了算了，自己种下的苦果自己咽吧。她还在心里喃喃自语：起初，双方父母都不同意这桩婚约，怕日后生变故，可又怕错点鸳鸯谱，坏了一门亲事。记得出嫁前，母亲反复叮嘱过：女孩子要守妇道，以贤淑善良为本，以后只要当丈夫的做人做事不过分，也就忍气吞声凑合算了，忍气家不败，不要动不动就耍小孩子脾气，大动干戈……她又想，牛凯既然有了这第一次家暴，准会有第二次第三次……何必呢，就由着他的性子去吧！

本来这件事发生后，张莉萍想去法院告状。可转念一想，算了，她不想闹得满城风雨。就是后来家里的哥哥姐姐想为她主持公道，鸣不平，要去找牛凯算账，也被她阻止了。她说："相信苍天有眼，人在做，天在看。恶有恶报，善有善报，上帝既然给你关上了一扇门，就一定会为你打开另一扇窗的。"

此时，牛凯假装抹泪说："莉萍，昨天是我不冷静，一时冲动，对不起，请你原谅！"这时，她以鄙视的目光道："免了吧，你最好在我改变主意之前，快把离婚协议拿过来，要不然，我不认账，到时你会更麻烦的。"实际上，张莉萍心里早有打算，只要把女儿留下给她，怎么都可以，那毕竟是自己身上掉下的一块肉啊！也是她继续活下去的唯一的精神支柱。就这样，一周后，他俩就到民政局婚姻登记站，办理了离婚手续。

或许，牛凯本就不是归巢的候鸟。那么，什么叫候鸟呢？书上曰：随季节不同而定时迁徙的鸟类。春夏季节在某个地区繁殖，秋季飞到较暖的地区越冬，第二年春再飞回原地的鸟叫夏候鸟，如黄鹂、杜鹃、鸿雁、家燕等。冬季在某个地区生活，春季飞到较远且较冷的地区繁殖，秋季又飞回原地的鸟，叫冬候鸟。大雁是候鸟，冬天要飞到南方过冬。而牛凯似一只留鸟，终年栖居生殖地域，不依季节不同而迁徙。

这些年，随着改革开放的不断深入，山城不少人的生活普遍提高，在衣食无忧，兜里有几个闲钱的前提下，为把生活质量搞上去，他们就学着候鸟，在海南、北海买过冬房，在海拔1500米左右的重庆武隆仙女山、万盛黑山谷，贵州桐梓买纳凉房。手头实在不太宽裕的人家，也会在一年中最冷或最热的一个月，到海边到山里租房子住。这一切的一切，对于装卸工的张莉萍来说，是奢侈生活，做梦都不敢想象。

眼下，普通人说，我就喜欢春夏秋冬，一年四季节气候分明的生活，以前没有电扇空调，不是照样过日子吗？富人说，就是要买越冬过夏的度假房，以提高生活档次，尽情享受人间的快乐。还有人说，能在海南或仙女山买度假房的人，大致分为两类，一类是腐败分子，捞了洗了不少黑心钱，另一类则是土豪，是这些年受党的富民优惠政策，做生意成了暴发户。其他的几乎是寥寥无几……

连日来，张莉萍心如刀绞，思绪很乱。上班的路上，腿像灌了铅，步履十分沉重。工作中常常走神，跟丢了魂一般。但她必须尽快从极度的悲伤中走出来，必须振作起来，尤其要思考盼盼成了单亲家庭中的孩子后，生活该如何打理，她暗暗下决心，生活再艰辛，也要悉心呵护盼盼，把她抚养长大，即使将来无大的建树，至少在人格人品上，不能像她爸爸那样出闪失，出格。

离婚后，为避免在群众中造成不良影响，牛凯被组织调到另一个车站工作去了。不过,他按月支付女儿的生活费,有时,还利用周末或休班,在商店买点零食、买点玩具悄悄跑到站区乐乐幼儿园去探望宝贝女儿。说明他的人性还没完全泯灭。

经历了这场婚姻变故后,张莉萍由过去的活泼开朗,变得沉默寡言。

闺密冯大姐时常过问:"最近过得还好吗?你真是便宜了牛凯那个狼心狗肺的东西!你掏心掏肺对他好,他却忘恩负义,一点不知好歹。"每每这时,她也只是淡淡作答:"将就过吧!"老父老母也催促她:"萍儿,我们的乖宝贝快念初中了,你对牛凯那个混球的气和恨都该消了吧,合适时候,还是再找个男人找个婆家吧,照这个样子生活下去,总归也不是个办法呀。你没听说,单亲家庭孩子的成长会有心理缺陷吗?会朝着畸形发展。你不为自己想,总该替你女儿多想想吧!"

莉萍回敬道:"爸妈,你们就放宽心吧,我不恨牛凯,气也随着时间推移,早就消了。再说,人各有志,一个巴掌拍不响,当年是自己误入歧途,不听劝,不听忠告,是要付出代价,自己种下的苦果,自己咽。岂能都怪罪于他呢?至于单亲妈妈带一个孩子不好,我都知道,再组建一个家的事,我也考虑过,女儿没有父亲,家就不完整不健全不美满。但是,如果急吼吼地再找一个二不挂五的男人,满足自己一时的欲望,万一这个男人对我女儿不好不认同咋办?万一女儿也不理他不亲近他,又该咋办?那不是自寻烦恼,自欺欺人吗?我想,这么多年都熬过来了,还担心这一时半会儿吗?我想等女儿考上大学再说不迟。到那时，盼盼长大了，有自己独立思考问题的能力和见解，我再找婆家，她准会理解的。"此时，母亲也显得很无奈。

隆冬的一天深夜，女儿感冒发高烧，梦醒时，一个劲地哭着闹着，要找爸爸。这时，张莉萍作为亲亲的生母，只有编瞎话来哄她："你爸爸最近工作很忙，脱不开身，出远差了，过段时间，他回来了，就会来看你。"此刻，自幼聪慧的她却嘟着小嘴反驳道："不是这样的，妈妈，你哄我，那他为什么每次到学校来看我后，不回家住呢？"斯时，莉萍无奈，只好搂着她含泪说："小心肝，小宝贝，你还小，等你长大了，自然就懂了……"

一转眼，又是几年过去了。张莉萍恢复了元气，心也静下来了。因不怕吃苦，表现尚佳，当了装卸队的内勤，协助队长干烦琐的事务工作。女儿也很争气，考上了重点中学。

张莉萍这些年打单身，一直洁身自好，一点不像有的离婚女人，看破滚滚红尘，破罐破摔，玩世不恭，整天打扮妖艳，经常出入灯红酒绿的夜总会或酒吧，勾引男人，实施报复，玩物丧志。有的甚至利用红娘婚姻介绍所，一次次故伎重施，敲诈男性钱财。

为这事，也有不少好心的姐妹劝导她："莉萍，你才30多岁，风韵犹存，再找个男人不成问题，难道你非要等到徐娘半老才肯出嫁？到那时，花儿谢了，黄花菜都凉了。还有，时下物价飞涨，你的工资不高，盼盼上学，正是大把花钱的时候，难道你不替你女儿，向牛凯那个臭男人多要几个抚养费？！"

每每这时，张莉萍总是浅浅一笑，算是作答。有时绕不过去，她就说："也许，这就是命中注定。大家知道，人之初，性本善，我不欣赏凑合婚姻。最近，我听说牛凯在邻站找了一个货运员当老婆，还是个黄花姑娘，可是，他过得并不幸福。现在，我真有点后悔，当初，我真不该刺激他的痛处，揭他的伤疤，真不该草率地把他撵出去……"

　　这时冯大姐插话道："得了得了，你这是什么话，是他先在外面拈花惹草，经常出入灯红酒绿夜总会，藏污纳垢的洗浴城一夜风流。又不是你的错，凭什么还替他辩护，替他说好话，你没发烧，头上没长儿菜吧？！当年，你没少为他伤心落泪，你这是好了伤疤忘了痛。"

　　莉萍说："人嘛，就这样，曾经我跟牛凯毕竟轰轰烈烈爱过一场，有了俩人的结晶。后来成了狗见羊，怎么都撂不到一块，如今，他不在身边，我还总念叨他的好，有事业心，好求上进，对女儿也很疼爱，有时，我还真希望，他能像一只候鸟，身心疲惫了，就飞回来哩……"

　　"行啦，行啦，我看你是吃错了药，早知今日，何必当初！莉萍，你晓得姐妹们在背地怎么议论你的吗？说你最大的优点是善良，最大的缺点是太善良。你别整天絮絮叨叨个没完，快变成鲁迅笔下的祥林嫂了，真烦死人了。"冯大姐道。

　　再后来，同事们，包括装卸队长、站领导，都相继给张莉萍介绍过对象，可她很固执，死活不肯去，就像吃了秤砣铁了心。一心扑在工作上，一心抚养牛盼盼，从初中升高中，又从高中至大学，一直到女儿考上清华大学，她也没有解决个人问题。

光阴似箭，一眨眼，又是几年过去了，真是岁月催人老啊。就在女儿念大三的时候，有一天，冯大姐按捺不住自己的菩萨心肠，再次给张莉萍提及找老伴的事，这次，她没有反对："谢谢您，冯姐，现在可以考虑考虑了，当然，婚姻大事，勉强不得。"冯姐道："你还跟我客气什么，老姐姐不会害你的。"

在 5 月一个阳光明媚的下午，张莉萍与周大庆见面了。

事前，冯大姐向张莉萍介绍："周大庆，60 岁，原市内某大型军工企业车间主任，去年 3 月光荣退休。六年前，爱妻因患重病去世了，悲痛万分的他，本不打算再娶，可在孝顺儿女的多次劝说和好心人的撮合下，欲觅 50 岁左右，性格善良温和，相貌一般的女性为伴。他人长得大众化，但为人很厚道很实诚。现在，他的一儿一女大学毕业后，都有不错的工作，都成了家，且有一个小孙子和一个小孙女，家庭没有什么负担，小日子过得很殷实。他比你长 10 岁，如果这次见面感觉良好，就好好交往一段时间，然后，再说下文，再然后呢，择个吉日，把手续办了，就等着嫁过去享清福吧！这事保准错不了。"

"冯姐，你别逗我穷开心，说不准别人还瞧不上咱呢。"莉萍说道，"好姐姐，我家的条件，你心里最清楚，这些年为女儿念书，几乎倾其所有，就差没砸锅卖铁了，要不是哥哥姐姐捐资助学和您的真心帮助，日子是真的没法过了。前几年父母年迈多病，我也花了不少精力照顾，现在人都苍老了许多，加之去年我又动过乳腺癌手术，总不能把一个病秧子甩给人家吧！拖累别人的晚年生活……"

"看看你，又来了。莉萍，你原来的自信都跑哪去了，还没接触呢，就先打退堂鼓，让姐怎么说你才好呢？你的情况，我都给对方一五一十地说了，把你夸成一朵花似的，贤淑善良心眼好，有一副菩萨心肠。别人听了，乐意跟你约会见面。现在姐姐做主，明天你必须去。"冯大姐严肃道。

"好嘛，好嘛，冯姐别生气，我明天豁出去了。"

"嗯，这还差不多，像个五妹的样子。"

其实，周大庆也是男人中的极品，以前的工作生涯，是单位的劳动模范，具有工匠精神。生活中很有规律，不饮酒，烟抽得很少。唯一缺点是生活起居自理能力较差。老伴临终前对他深情道："大庆，我走后，有合适的，你就再找个伴吧，不然，我在九泉下也不安心啊！儿女再好，再孝敬孝顺，再百般照顾你，都是有限的，你听懂了吗？"

这时，周大庆不知说啥才好，只在一旁不停地掉泪。

见面是在公园里的一露天茶馆。彼此像电影里的特工一样，对上暗号坐定后，周大庆征求张莉萍的意见，各自要了一杯清香扑鼻的碧潭飘雪。此时，莉萍显得有些拘束，手脚有些慌乱，心里像揣了一只小兔，怦怦直跳。还是具有绅士风度的周大庆先开了腔：小张，你好，今天有幸相识。说着，他与她握了握手，是想缓解一下紧张的气氛。周大庆呷了一口茶，又道："我的情况，想必你的闺密冯大姐已经告诉你了，我这人嘴笨，不善言辞表达，希望莫见怪。实话说，你比相片看起来年轻多了、漂亮多了，我怕我这把岁数与你不般配，不过，我心眼不坏，接触久了，你自然就会明白，现在想找个伴，一道安度晚年。"

张莉萍一边听他说，一边近距离打量身边这个男人。这是她一生中，除牛凯之外，近距离接触的第二个陌生异性。他五官端正，面善，高个精瘦，皮肤偏黑，但精神饱满，尤其是那双剑眉大眼，时时放射出和蔼可亲的光泽。乍一看，比实际年龄要小上七八岁。从大庆不紧不慢，且有几分谦逊、几分斯文的谈吐中，不像是个口若悬河，油嘴滑舌，擅长甜言蜜语的角色。莉萍微笑着说："周大哥，我也很高兴认识你。我是在感情上受过伤害的女人，身体又不太好，只要你不嫌弃，我愿意做你的老伴，你看行吗？"

"好，爽快，我就喜欢直来直去的人，直奔主题，不喜欢藏着掖着。有些人搞对象，云山雾罩，说了半天，故作矜持，说半句，留半句，你琢磨不透，猜不出她到底想表达什么。既然如此，我也愿意跟你交往，也希望你不要嫌我岁数偏大，不过，我会疼你的。"周大庆道。

果然不出冯姐所料，他俩有缘，接触不到三个月，就如胶似漆，打得火热。在黄昏恋期间，除每天坚持晨练，晚上跳坝坝舞，形影不离外，周大庆还常带张莉萍驾私家车，畅游祖国的大好河山，诸如北京、上海、新疆、青海、西安等地。他说，年轻时不分白天黑夜地忙事业，现在有大把的时间，尽情享受快乐的时光。张莉萍更是陶醉在销魂的喜悦之中，每到一处，看到迷人的风景名胜时，总要拍照和录视频，尔后发送朋友圈，让大家分享她的幸福和快乐。

冯大姐对莉萍道："怎么样，周大庆人格人品没问题吧！我还听说，他很有责任感，很细心很会疼人哩，把你视为宝贝，含在嘴里怕化了，拿在手上怕掉了。磁场一致，天线，频道，波段共振……"

莉萍红着脸打断道："冯姐，你坏你坏，亏你还是我多年的闺密，尽取笑人家。"

冯姐说："好好好，我不说了，趁早选个好日子，把喜事办了，我想喝喜酒了，岁月不饶人，免得夜长梦多。"

"好吧，姐，我听你安排。"

在彼此投缘交往的几个月里，除无微不至照顾周大庆的生活外，张莉萍还买了不少毛线，亲手给周大庆织了毛衣、围巾和手套，令他十分感动。俩人互唤的昵称是：老头，小莉。那个亲热黏糊的劲儿，令人羡慕不已。

周大庆与张莉萍到婚姻登记站领了证，一周后，他俩很低调地办了六桌酒席，只邀请了部分至爱亲朋，就算把喜事办了。从此，过起了幸福美满的小康生活。有人说：这是张莉萍应有的回报。

据冯姐透露，周老头很是喜欢莉萍的贤惠善良，里里外外一把手。他俩在结婚之前，老头子就毫不吝啬地拿出自己一生的全部积蓄，不仅换了一款 30 多万元的新轿车，还准备在海南文昌全款买一套度假房，使他们成为候鸟新城家族的一员。此外，他还主动把退休后的社保卡交由张莉萍保管。说自己粗心，又不爱花钱，急需要用钱时，再找你拿。瞧瞧，辛辛苦苦半辈子的莉萍，这回真是掉进福窝窝里了。可是，也有人说：周老头是个傻子，是个十足的哈巴。但不管别人怎么议论，自己的幸福，唯有自己心里才明白。

就在莉萍与大庆结婚不久的一天，她得到一个不幸的消息，说是牛凯三年前就与那个矫情的货运员分道扬镳了，听说后来他又跟当地一个房地产公司女老板结了婚。他自己一个月前，因身体不舒服，到医院检查，被确诊为肝癌晚期……

莉萍跟大庆商量，打算明天去探望一下牛凯。周大庆道："这还用商量？人之常情嘛！更何况，你们曾经毕竟是夫妻，有过一段割舍不断的感情，这样，我明天陪你一块去……"

老爷子是少将

爸爸，钻山沟？我不去！

为什么？程铁柱问当时还不满 16 岁的大儿子程江。

难道您和妈妈过去为了革命，为了打下一个红彤彤的新中国，吃的苦还少吗？现在，全家好不容易在城里落脚，有个窝。这才几年呀，您凭什么又要搬家到山旮旯里去？要去，也该轮到别人！反正我不想去。

小孩子家家的，你现在懂个屁，长大了就知道了……

我的朋友程山说，他老爷子去世快 20 年了。现在回想他的戎马一生，还真没有过上几天舒坦、清静、幸福的日子，就两袖清风地撒手归西了。不过，临走前，老爷子感到最大的欣慰，是教会了儿女们懂得感恩，懂得回报社会。虽三儿两女，迄今也没有超越老爷子当年的荣誉，但都还算是对得起列祖列宗吧！

前不久，程山 93 岁高龄的母亲孟兰花，因长期瘫痪在床上，近似植物人的她，也终未战胜病魔，在重庆一家干休所，离开了美好的人间。有人说，这是喜丧，寿终正寝。她老人家走的时候很安详，一点都没有惊扰后人，更没有留下只言片语的遗嘱，就像平静地睡了一夜，就再也没有醒来。其实，在她以少将军人遗孀，住进部队指定干休所长达十年期间，医生曾多次下过病危通知书，可老太太命硬，硬是多活了几年。当然，做儿女的，还是希望父母能多活几年，享享清福，多晒晒太阳，结果事与愿违。

在殡仪馆的追悼会上，松柏、黄白菊花簇拥着灵柩。在哀乐的氛围下，没有更多的生前好友、至爱亲朋前来送行，只有简洁的告别仪式，祖孙三代的20多个近亲参加，程山的大哥程江致悼词。我从他大哥的讲述中，对这个家族的人物命运，有了较为翔实的了解，着实有着一段鲜为人知的动人故事。

老爷子程铁柱，原是山东烟台的农家子弟，父母都是地地道道的穷苦人。弟兄三人，他排行老三。早年兵荒马乱，两个哥哥参加了红军，跟着共产党闹革命，先后在飞夺泸定桥和强渡大渡河的战斗中壮烈牺牲。噩耗传来，年迈多病的老爹和老妈，非但没有过分悲伤，反而又把当时年仅15岁的小儿子程铁柱送到了红军队伍，当上了红小鬼。

起初，连队指导员见铁柱还是个娃娃，就叫他当马倌和在炊事班帮厨。他有意见，不依不饶耍横。说自己是来报仇雪恨的，不是来当马夫当火头军的。

炊事班长老王却耐心开导说："铁柱，喂马帮厨怎么啦？要知道，这都是革命工作，是后勤保障不可或缺的一部分。你想啊，全连官兵在前方冲锋陷阵，奋勇杀敌，如果我们不把做好的饭菜送上阵地，部队能打胜仗吗！？这叫兵马未动，粮草先行，你一个娃娃兵，懂个屁！你不能光长个头，不长心啊！"小铁柱摸了摸脑门，想了想，认为班长的训斥有点道理，就再没瞎胡闹了。

连长见他鬼机灵，就调他到连部当通信员。身挎驳壳枪和文件包，样子挺威风的。每次执行任务，传递情报返回营地时，他总能在荒山野岭弄点山鸡野兔什么的回来。连首长见了，夸他不是孬种，不是个等闲之辈，是一个给养人才。

两年后，连部决定，叫他到一排一班当班长过渡一下，打了几次仗，表现很英勇，尤其是一次惨烈的战斗，在阵地上与丧心病狂的敌人拼刺刀，展开肉搏厮杀，他接连杀死三个鬼子，荣立了二等功。很快就叫他当了司务员，再后来，他就被提拔为连队司务长，专门为连队提供后勤保障。事隔不久，他又被破格调到团部后勤股当参谋去了。其间，他仍表现优秀，成绩显赫，被晋升为后勤股长。

红军爬雪山过草地那阵儿，他已当上了某军部后勤部副部长。当年，红军的生存环境十分恶劣，主要面对三大斗争：一是自然斗争，二是对敌斗争，三是党内斗争。尤其是在吃糠咽菜啃树皮的艰苦岁月，为了保证红军领导集团高级将领和全体指战员一日三餐的营养供给和药品保障，程铁柱屡次跟敌工部的同志们一道，冒着生命危险深入白区搞食品，诸如紧俏的盐、白糖、鸡蛋、药品等。多次受到上级表彰奖励。换言之，为了红军的衣食住行，他立下过汗马功劳。

有一次，程铁柱副部长亲自押运一批珍贵药品，通过白区封锁线关卡时，事先联络的地下党联系人出现了意外，对方无法传递准确的情报，眼看这批费了九牛二虎之力才搞到手的药品，就要落到敌军手中。部下心急如焚地问："怎么办？"他十分沉着镇静地道："实施预备方案。现在敌强我弱，只能智取，不能强行闯关，不到万不得已，不能莽撞，不能正面交火。"

不料，敌人诡计多端，识破了他们化装的车队，双方进行了激烈的交火，在这次战斗中，程铁柱带领战友们浴血奋战，不幸身负重伤。好在城外接应的小分队及时赶到，火力增援，才化险为夷，保住了这批药品，并按时运到了根据地。

事隔不久，国共合作，红军改编为国民革命军第八路军和新四军，共同对付穷凶极恶的日本侵略者，经过艰苦卓绝的斗争，终于把日本鬼子赶出了中国。可是，国民党反动派又背信弃义，挑起内战，向中国人民解放军打响了第一枪。此时，我朋友程山的老爷子，又跟随刘邓大军南征北战，先后参加了举世闻名的淮海战役和渡江战役。最后，他又追随部队，挺进大西南，筹建重庆军需仓库，时任第一行政长官。

新中国成立后，1955年部队大授衔，老爷子被授予大校军衔。

当时，十三军驻扎重庆，程铁柱的主要任务是筹备建造两个军需被服厂和一个储存枪支弹药的基地。厂子和基地顺利竣工后，为了全身心地投入工作，经组织上同意，老爷子请了半个月的假，返回山东与当年的童养媳、后来威震山东的女游击队队长孟兰花完婚，之后带夫人一起来到了陌生的山城重庆，先是住军需仓库附近的两间条件简陋的集体宿舍。

在那里，白天，他忙碌工作，四处奔波。新媳妇孟兰花也与其他来自五湖四海的军人家属一道，忙军人服务社的事。晚上，老爷子也没忘了做家庭功课，不到十年，小两口就有了三个宝贝孩子，两男一女。当时，老爷子的想法是，一边抓革命，一边促生产，争取生下一个加强班。

可就在这个节骨眼上，他听说上级要在武陵山附近——当年的抗战煤都，筹建一个更大的军需仓库。

这天，中国人民解放军总后勤部一个中将到基地视察工作，晚上在食堂就餐时，这位首长在非正式的场合下征求意见，他不无正经地说："为了反修防修，备战备荒为人民，总部研究决定，准备在西南盆地的大后方，建造一座更大的军事基地。"紧接着，他又试探性地问："你们当中，谁愿意主动请缨到万盛啦？"几个厂的正副头头大眼瞪小眼，每个人心中都有自己的小九九。

是呀，革命胜利都这么多年了，谁还心甘情愿到艰苦的环境中去吃苦。当天晚上，程铁柱回到家若有所思。妻子孟兰花问：你在想什么呢？像丢了魂似的，白天谁又惹你生气啦！见你愁眉苦脸的样子，是不是又有新的任务？

他说：是的，知我者兰花也。我想去万盛大山深处筹建一个新的战备基地。可转念一下，我又舍不得离开你们，你说咋整呀？"

兰花道："这有什么好犹豫的，去呗，我全力支持，你要不觉得拖累，咱全家老小都过去，苦乐在一起，好吗？"

面对坚强后盾，令他感动万分，心里有了底气。可是，儿子程江跳出来反对："难道二老苦还没受够吗，你们去吧，反正，我不想去……"接着，弟弟和妹妹跟着起哄。然而，孩子毕竟是孩子，怎能拗过大人的意志。

据说，当年万盛地处偏僻山沟，生活环境十分恶劣，前不着村，后不挨店，十分荒凉，是个拉屎都不生蛆的倒霉地儿。是好些人躲都来不及的鬼地方。老爷子第二天一早，就向这位中将递交了军令状，不建好万盛军需基地，誓不罢休。中将夸奖道：好哇，铁柱同志，你真是好样的，雄风不减当年啊！

事隔不久，上级一纸命令下来了，任命他为重庆基地少将主任兼万盛地基主任。也就是说，重庆的两个被服厂和两个基地，都由他主管，别看他肩上扛着一颗闪闪发光的将军金星，春风得意，其实责任更大了。军令如山，在接到命令的第二天，他就走马上任了。不到一个月，他就携家带口迁到了万盛。

提到少将这个军衔，是好些军人可望而不可即的荣耀。程山对我说：老爷子这个将军头衔的含金量，一点不逊色于指挥千军万马，在血与火战斗中的大将军。

他家迁到万盛后，全家暂时租住在当地老乡家里。他老爷子仍然干劲冲天，不到一年，军需仓库就以惊人的速度建好投入使用。而小家庭里又添一儿一女。众所周知，我国在大跃进掀高潮过后，国家进入三年自然灾害。灾荒年，家里仅凭老爷子的军饷已不够开销，不能维持生计。为供养五个孩子吃饭上学，母亲不得不到仓库当搬运工，干笨重的体力活，挣点血汗钱，补贴家用。好在母亲有过辉煌的战斗经历，粗活脏活苦活累活险活，都提得起放得下。

用程山母亲孟兰花的话说，如今再苦，也没有当年组织妇女赶做军鞋，推着鸡公车往炮火连天的前线送弹药、送烙饼、送炒面苦。现在和平环境下，这点苦累，又算得了什么呢？她一边打零工一边带孩子，硬是在艰辛的环境中把一个个孩子拉扯大。

时光荏苒，一眨眼，又是若干年过去了。孩子们也一个个渐渐长大，老爷子一点不搞特殊，老大老二送去参军，老三老四响应当时知识青年上山下乡的号召，到广阔天地，去接受贫下中农的再教育。一个去了北大荒，另一个去了云南西双版纳，只把年幼的幺儿留在身边，这个幺儿，就是程山。

程山回忆道：当年他老爷子军人气质，军人作风十足，有着火暴脾气。小时候，哥哥姐姐不听话，没少挨打，有时自己淘气调皮，也不能幸免，现在头上还有当年老爷子用手枪托敲的疤痕哩！他说他老爷子从来都是说一不二。就是哥哥姐姐在部队，怕吃苦，想回城想转业，想拜托老爷子通过人脉关系，通融一下，开个绿灯，却遭到父亲的严词拒绝。

他大怒道："我这个将军怎么啦，是党和人民赋予的，不是天上凭空掉下来的，是自己九死一生，一步一步从鬼门关闯出来的，不是用来为你们几个小兔崽子拉关系、走后门、搞特权的！趁早死了这份心吧！我老实告诉你们，我老程家的族谱上，不能有孬种，不能有人渣，更不能有违法犯罪分子，那样会祸害国家和民族。"哥姐们在被断了退路之后，没有颓废，而是靠自己奋斗，一个一个脚印地进步。后来大哥当了两杠四星的大校，二姐军医大学毕业，当了军医，三哥支边，返城考工，考到了十八冶，四姐四川师范大学毕业，留校后当上了教师。

再后来，我的朋友程山，警校毕业，当上了人民警察。一句话，兄妹五个都找到了自己酷爱的事业。

现如今都一个个成家立业，这对老爷子来说，可谓是儿孙满堂。令人惋惜的是，21世纪的第一年，当第一抹晨曦普照的时候，老爷子却意外地与世长辞了。

记得那年仲秋，万盛境内连降百年不遇的暴雨，山洪暴发，河水陡涨，围墙坍塌。为抢救基地仓库的武器装备，程铁柱将军连夜组织将士排洪抢险，堤边道路泥泞，不幸脚下打滑，掉进滚滚的洪流之中……事后，当清理老爷子的遗物时，他的一个笔记本，其中写有这样一段话：作为一个铁血军人，一个共产党员，要随时做好为党和人民献身的准备。无论干什么事，不仅要具备勇敢和智慧，更要矢志不渝的信仰和讲铁的纪律和规矩……

今年7月，含辛茹苦一辈子的老母亲又离开了人间。程山在讲这番话时，眼睛潮润了。

去年过春节，程山的母亲还健在时，全家人在重庆团聚。在吃团圆饭的宴席上，大哥程江端着酒杯，站起来激动地说：

我们的上一辈人，没享受到多少清福，几乎辛苦了一辈子；而我们中间这一辈人，年轻时吃了半辈子苦，如今正在尽享天伦之乐；而我们儿孙这一辈人呢，真是幸福快乐有加，从出生到现在，都没吃什么苦。不过，我们要传承好"磊落做人，踏实做事"的家风家训，让晚辈们时刻牢记先辈的优良传统，并发扬光大，倍加珍惜当下的美好生活……

是呀，我们无论如何也不能忘记前辈们抛头颅洒热血，打下的红色江山。诚然，程少将的故事，对我的心灵震动很大。

话到此，我又想起了十年前去世的父亲，他的资格没有程山老爷子老，是小八路出身。早年，我爷爷奶奶被国民党反动派枪杀，因大伯二伯是工农红军，一个在战场上壮烈牺牲，一个迄今杳无音讯。在家里，我父亲排行老三，成为孤儿的父亲，为了复仇，从 12 岁起就投身革命，跟随部队转战南北，始终抱着革命的坚定信念，与战友们一道翻越秦岭，参加了解放四川的战斗。那年，他已是先遣团特务连连长。部队拉到綦江休整一个月后，老父亲又接到开拔华蓥山剿匪的命令。两年后，当华蓥山、开县的土匪被彻底歼灭后，凯旋时，新中国第一条铁路——成渝铁路已正式建成投入运营。他被转业到綦江铁路公安团任某派出所所长。

1956 年，成渝铁路沿线各站奇缺管理干部，父亲就主动打报告，转行到江津三等火车站任站长兼党支部书记。后来，父亲在资阳职工学校短期培训时，认识了我母亲，经过闪电般的爱情，他俩结成伉俪，再后来，便有了我和三个小弟弟。

父亲直到 70 年代末离休,也没离开过铁路。他正式离休后,由三弟顶替上岗,当时,我和二弟相继当兵到了部队。谈及家风家教,跟程山老爷子几乎如出一辙,十分严厉。十年前,我老父走了,五年前,母亲因患癌症医治无效,也走了。但如今,前辈"低调做人,认真做事,无愧于心"的家训,已在我们这一代和下一代继续传承。

今年五一前夕,我发出邀请,叫程山全家到我家做客。宴会中,我饱含深情地说,老红军老八路的前辈们都相继离世,我们现在都是爷爷辈了,眼下家族儿孙满堂,儿子辈,我们不用太担心,他们已有自己执着追求的职业。而最操心的应该是孙子辈,小宝贝,小心肝,小皇帝,如果娇生惯养,就可能出问题。值此,我们在颐养天年的同时,还必须抽出一部分精力,调教小孙儿小孙女,否则,未来家风无法传承。只有这样,家才兴旺,国才安宁……

对对对,讲得好!斯时,大家齐声附和道。

清明节前夕,那天早晨,程山一家老小去给长辈扫墓。他说:"九泉下的老父老母,请你们放心,你们并未走远,二老永远活在我们心里。我们会教儿孙们倍加珍惜当下,走好人生的每一步。"

当他们祭祀完下山时,东山上,一轮红日喷薄而出,给人以温暖。

第三辑

云上苗寨之魂

空间在时间的坐标里绽放光华，后坪乡文凤村近三年可喜可贺的变化，就足以证明这一点，且留下了深深的脱贫致富印记。那么，是谁使云上天池苗寨发生了沧桑巨变的呢？下面请看笔者的扼要描述。

——题记

蓝天白云，映衬着绿水青山的苗乡，其风景，如诗如画。

中巴车在新铺就的山间柏油公路上欢跑，远离闹市，空气是那么的清新。我的心也随之跳动，窗外的迷人风景映入眼帘，一闪即逝，令人目不暇接。此行是应邀赴重庆东南部武隆区后坪乡天池苗寨采风，重点采访脱贫攻坚的真实情况，欲知详情，话还得从头说起——

前不久，我采写了一篇题为《邬亮和他的同事们》的微型报告文学，侧重反映了市卫健委扶贫集团驻黔江金溪镇扶贫工作队联络员邬亮的典型事迹。这次去武隆，主要是到后坪乡文凤村苗寨旅游观光，没有创作的硬指标，除非自己有感而发。

7月中旬，一个阳光灿烂、百花争奇斗艳的上午，我们一行十多人乘坐考斯特中巴车刚驶离渝中区，同车的市检察院机关党委办公室副主任陈伦双就担任起了向导。他，三十七八岁，瘦高个，鼻梁上架着一副金丝近视眼镜。他说：这次有幸请到诸位散文家和专家学者到苗乡，参加"脱贫攻坚采风"主题党日活动，主要是借助大家，为最后冲刺阶段，秉笔直抒胸臆，妙笔点化铸魂……

从他简略的介绍中，我了解到：后坪乡是重庆市政法委扶贫集团承包的一个点，而文凤村原是一个深度贫困村，现在是一个远近闻名，扶贫效果显赫的典型。陈伦双是抽调出来负责上下联络的干部。此时，我喃喃自语：文凤村真有他说得那么好，会不会有些夸张？难道他们比黔江金溪镇脱贫工作还要干得出色？不会吧，人家可是市里挂上号、榜上有名的先进集体。不管怎样，耳听为虚，眼见为实，到实地走访后就知道了。

大约三个半小时后，我们来到了后坪乡的天池苗寨。出迎的是驻村第一书记邱靖杰（重庆市人民检察院第三分院事务保障部副主任），1.75米左右的个头，皮肤黑里透红，长得虎背熊腰，尤其是他那双炯炯有神的眼睛，直觉告诉我，他是一位睿智而又粗中有细的角色。

此刻，当我还来不及问话时，陈伦双就抢先道：邱书记扶贫工作近三年，收获满满，不仅扶贫干出了骄人的成绩，而且妻子还为他生下了一个胖宝宝。就是妻子住院分娩，他也只向组织上请了三天假，由此可见，他一心扑在脱贫攻坚工作上。邱书记打断陈伦双的话，嘶哑着嗓门，十分谦逊地说：谬赞了，谬赞了。现在，我还是讲讲天气吧！早上，天空晴朗，日出东方，预示着各位作家会给苗寨山乡带来温暖。可是，刚才天上云彩聚散，又飘飞着零星的雨滴，我想苗寨应该有雨露的润泽吧！他一番富有哲理及不俗文采的话，一下子就把全车的人逗乐了。认为这位驻村第一书记身上，一定有着值得挖掘的闪光点。正因为如此，我便有了写意的激情和创作的冲动。

邱书记陪同我们参观的途中，手指着山坳上几户人家说：扶贫初期的一天下午，他和同事冒着倾盆大雨，深入农家召集开会，政府免费送鸡仔，动员村民科学饲养鸡娃的事。一开始，无论说什么，苗族兄弟们大都抱着传统陈旧观念，不肯接受。经耐心细致地讲脱贫致富，必须赏识新生事物。后来，一位家族威望很高的苗族老翁才说："那就试一试吧！"如今，他们养鸡，不愁销路，已尝到了甜头，得到了经济实惠，每家每年好几万元的收入，笑得连嘴都合不拢。邱书记还颇有心得：只要你带着真感情来，把村民们心结打开了，脱贫道理讲透彻了，思想观念转变了，问题也就解决了。

入寨的这则小故事，告诉我们，只要功夫下得深，铁棒也能磨成针。

此次采风，我们先后聚焦高山民族风情场镇、文凤村便民服务中心、苏维埃政府史迹展览馆、天池苗寨文化广场、洪山湖生态休闲园，还登上能俯瞰全村风貌的观景台。所到之处，耳闻目睹，无不令人感动，令人心花怒放。是呀，过去扶贫靠吃救济，光靠"输血"，不能"造血"，老百姓是无法摆脱贫穷现状的。小敲小打，不痛不痒的扶贫，也无法从根本上彻底改变乡村的落后面貌。这次市政法委扶贫集团提出的"法治扶贫，文化惠民"主题，就独具特色，以原始自然资源，打造"农文旅"风光。只有这样，才能从根本上让村民们过上幸福的日子。也只有这样，才能让这一片昔日荒凉的土地，重新焕发出泥土的芳香。

在参观初具规模，错落有致，古色古香，宽敞明亮的民俗村时，在苗寨山歌传承人潘学舟、刘远银夫妇家门口，大家再一次现场感受到了苗寨山歌的魅力。事前，老两口听说要来客人，便身着节日盛装，饱含深情地为我们奉献了一曲自编自演，原汁原味，赞扬党的富民政策的山歌，可谓天籁之音。他妻子说：我唱歌，是跟老头子学的，因他是当地的歌王。在参观苗寨的路上，我听说陈伦双在三年不到的时间里，已深入后坪乡十七次之多。他是城口大山深处走出来的孩子，童年家境贫寒，也得到过政府和一些好心人的资助，如今他要尽其所能，履行职责，回馈社会，回报贫困的山民。

路过一家面坊时，听见机声隆隆，我便好奇地走了进去。但见一对身着民族服装的小两口正在按程序，有条不紊地制作挂面。帅哥姓颜，靓女姓周。他俩是同乡，原来都在广州和山城打工，是去年被扶贫工作队动员回村搞实业的。身材窈窕，五官清秀，性格开朗的小周心直口快，毫不掩饰道：在外打工，每月挣的钱比现在制作面条和开面馆多。但是，那毕竟不是长久之计，在陌生的地域，总有一种背井离乡的感觉。现在孩子10岁，上小学三年级了。我们回乡创业，既能照顾双方老人，又能辅导孩子，真是一举两得，全家暖意融融。再说，政府给了我家不少优惠条件，不返乡建设自己美好的家园都说不过去。眼下虽受疫情影响，节假日双休日到此的游客不算多，可我始终坚信，今秋和明年的春秋旅游旺季，天池苗寨一定会敞开胸怀，迎来不少的尊贵客人，我们的生意，一定会越做越红火的。说这席话时，她好看的脸上洋溢着几分骄傲和自豪。

听罢小周的陈述，我觉得这就是新农村的佼佼者，他们不负韶华，勤劳致富。在贫困山区，太需要这样的有志青年回乡搞建设了，他们才是苗寨真正的主人，才是苗乡的未来和希望。在干净整洁、宽敞明亮的村民综合服务大厅，除一位中年村妇女主任正伏案工作外，还见到了一名刚毕业的亭亭玉立的本寨女大专生。妇女主任说：她是热爱家乡的"娇阿依"（指漂亮女孩），去年一毕业就返乡从事这项服务工作。我们上班没有严格的节假日休息考勤制度，只要有村民来办事，我们总会热情周到服务，一直到对方听明白弄懂满意为止。在她们办公的柜台上，我还看到了浅显易懂的人力社保扶贫政策《明白卡》。

当日下午5时许，我们登上观景台欣赏全村风景，邱书记手指着对面葱郁人头山下那一片片波浪式的梯田：大家看，像不像一只偌大凤凰身上，一层层五彩斑斓的羽毛？我答，像，像极了，正在涅槃浴火重生，翱翔蓝天哩！

在村上的儿童乐园，两位年轻漂亮的幼师正带领着 20 多个幼儿做游戏，从他们天真无邪的笑容里，我仿佛看到了苗寨灿烂的明天。心里想，这不就是一只只雏凤，待羽翼丰满时，他们一定会高傲地飞向好日子的新天地！

在苗寨，我对高山峡谷的太阳湖和月亮湖情有独钟，它像两颗璀璨的明珠，镶嵌在苗家山寨，赐福于山民。当碧蓝的天空，翁郁叠嶂的大山，清澈的湖水，与全新的苗寨交相辉映时，简直就是一幅浓墨重彩的山水画卷。

下山后，足智多谋，作风扎实的工作队队长刘千武、市散文学会会长刘建春等一行，在驻村第一书记邱靖杰的陪同下，还特意到贫困户何祖华家进行了慰问，发放了慰问金。老何十分感动，连连说：感谢党，感谢政府，要不是你们像亲人一样真诚真心帮助，我家的日子真的没法过了。刘队长扼要介绍说，前几年，老何的老婆不愿继续跟着他过苦日子，就跟别人跑出了大山，狠心撇下两个儿子和一个女儿，大的 15 岁，小的 10 岁。他还说：老何是个地道的老实人，很勤奋，每天早出晚归，干活从不讲价钱。对这种特困户，我们实施了重点帮扶，如今他在街上买了三间商品房，生活状况大为改观。现在，他唯一的诉求是把老婆找回来。

随行的市散文学会会员、南风爱心助学协会会长糜建国情不自禁道："我们协会这些年，已前后资助过近 500 名中小学生，老何，你这三个娃娃今后上学费用的事，你就不用操心了。还有，你大儿子的虎牙问题，近期，我会联系牙科专家来诊断，制定方案，尽快治疗。另外，我只向你的三个娃儿提一个要求，这就是，经我们帮助后，从小立志，长大后多做善事，懂得感恩，不做有损人民利益的事……"

晚上，在主题党日会上，邱书记还邀请了两名友邻驻村第一书记参加。会上，首先由工作队刘队长、村支委、陈副主任分别通报脱贫工作相关情况。刘队长说："过去，武隆县城到后坪乡，坐汽车需要五个小时，而现在政府投资几亿元，把柏油路修好后，只需一个半小时就能抵达，你们说，精准扶贫的力度大不大！"然后大家踊跃发言。其中一位邻村 30 岁左右的年轻第一书记诙谐地说道："这次下乡扶贫，收获颇多，后坪乡一共有六个村，其中四个是典型的贫困村，我们几个第一书记，就好比是《西游记》里的四个人物，大师兄、二师兄和小师弟，师傅就是工作队刘队长，他是灵魂人物，凡事由他把脉。到苗寨取经，一路充满爱心，一路充满激情，一路充满艰辛，真有踏平坎坷成大道的气势，我们觉得值了。人生有这样的经历、这样的锻炼，无疑是一笔难得的、宝贵的价值连城的精神财富。"

此时，我插言道："当年作家吴承恩写的是神话长篇小说，而你们积极响应党的号召，抛家舍口，到大山里，夜以继日，不辞辛劳，是把神话变成现实的人，你们不愧是崭新时代最可爱的人，应该给你们点个大大的赞……"

紧接着，精明能干、素有"苗王"之称的后坪乡乡长刘加海站起来，首先给大家深深鞠了一躬，然后他说："乡党委书记生病住院了，我临时主持乡里工作，这次请各位文化大咖，是请对了，脱贫攻坚，最需要文化人点拨点化，提炼魂魄，一个没有丰厚文化底蕴做支撑的乡村，是上不了档次的。只有名家大师的点化，才能使'文旅地标，凤栖古寨'名副其实。由于组织上的信任，我已连续干了三届乡长，没挪过窝。这几年，我亲身感受和亲眼见证了后坪乡的经济发展，如果没有工作队，没有你们文化人的教化传播，就不可能有乡村的旧貌变新颜。"

随后，原重庆市作协党组书记，现散文学会顾问王明凯等同志，都先后作了发言。最后，重庆市散文学会会长刘建春作总结发言，大意是：首先，我们是来深入生活，贴近实际向大家学习的；其次，才是用手中的笔描绘你们在脱贫攻坚一个又一个战役中，因地制宜，精心规划，分策实施过程中的典型的人和事；再有，这次采风，我们确实收集到了不少触发灵感的创作素材。回去后，相信作家们不负众望，不久，就会创作出一批各种体裁，较高质量的文学作品……

散会后，我们来到广场，参加篝火晚会，此刻，震荡山谷的音乐响起，歌名是《唱支山歌给党听》。节目主持人是一位身着民族盛装的小伙子。他手拿无线话筒，十分煽情地说：首先，热烈欢迎远方的尊贵客人。然后，他带着六位娇阿依迈着轻盈的舞步，缓缓走进舞池，融入有焰火映照的欢乐的人群里。随着音乐的节拍，大家与娇阿依们一起，和所有来此旅游观光的客人，转圈跳起了富有传统民族特色的摆手舞。自然，在凉风习习的夜晚，篝火映红了天空，大家沉浸在如痴如醉的、欢乐祥和的海洋里。

文凤村党支部书记，重庆市散文学会领导，市检察院陈副主任和郑教授分别作了简短而又饱含深情的共勉致辞。陈副主任的即兴讲话，让我非常感兴趣。他声情并茂道："我也曾是大山里走出来的孩子，深知山民生活的艰辛。现在有党和政府的扶贫关怀，目前，我要把主要的精力，放在为你们服务上，让苗寨人家的生活，就像这堆熊熊燃烧的篝火，越烧越旺……"

晚会结束，欢乐的歌声仍余音绕梁，在空旷的，曲径通幽的山谷里久久回荡。

深夜 10 时许，我已准备上床休息，忽有文友打来电话，说是村上有家烧烤店不错，叫去吃点夜宵。到地一看，店内灯火通明，店主是一位五官端庄，穿戴时尚，风韵犹存的中年妇女。但见她笑脸相迎，其丈夫和女儿正在厨房和炉台上忙碌着。此刻，我特别留意了一下店老板，她耳朵上戴着一副好看的金耳环。我想，这一定是苗寨上的富裕人家吧！结果，我的判断失误了。陪同我们的乡干部介绍道：店主姓邹，原来是山里典型的贫困户之一，以前两口子都在城里餐馆打工挣血汗钱养家糊口，勉强维持生计。去年春，经邱书记动员后，他们才返乡自谋出路，开了这家"非遗"中巴谢氏烧烤店。为了帮扶他们提高烹饪和烧烤技术，乡里还专门花钱请有名的大师傅传授厨艺，才使他俩把店开得这般红火。

热情有加，落落大方的小邹说："这样的幸福生活，过去想都不敢想。"

据说他们一年可挣十几万元，旅游旺季的一天，小店营业额就达 8000 多元哩。如今，他家已提前步入小康生活。正说着，我们点的烤鱼、烤鸡已端上了桌，闻着香喷喷，色香味俱全，好不惬意，难怪他们生意这么好。此时，乡干部还补充道：如果你们是冬天来，准能吃上美味可口的烤全羊……

翌日上午，同行的郑教授给山民和孩子们上了励志课。10 点整，不仅来了七八十个孩子，还来了十多位家长及爷爷奶奶，他们都想听听励志的故事。单就准时上课这一点，是我没有想到的。20 世纪 70 年代中期，我当插队知青，那时，生产队通知上午 9 点开会，10 点钟能到一半的人数就不错了。在授课中，郑劲松教授根据受教对象，侧重讲述了"梦想与行动，读书与学习，爱心与责任"等内容。他紧紧抓住听众心理，深入浅出，循序渐进，一环紧扣一环，把立志脱贫致富，彻底改变家乡面貌的鲜明主题，诠释得淋漓尽致，生动感人。课堂上，他还时不时与受众互动交流，两个小时的演讲高潮不断，精彩纷呈，赢得台下一阵又一阵雷鸣般的掌声。有一位学生深有感触：这样的课，我们从来没听过，真过瘾！

我想，这就是文化的魅力，以文点化人的大脑，使思想萌动过后，产生观念的转变，穷则思变，只要潜心努力奋斗，就不可能一辈子过苦日子。斯时我感叹：这无疑是新时代铸魂的讲座。

此次采访中，我还了解到，7 月初，武隆境内连降暴雨，文凤村一水库决堤，暴涨的山洪将堤坝冲开一个大窟窿，殃及堤坝下的三户农家。工作队刘队长闻讯后，立即组织近百名乡村干部群众，奋战抢险，从当晚9时至第二天凌晨5点，拉来三车沙袋堵住了决堤的口子和泛滥的窟窿，保住了坝下的公路和农家生命、财产的安全。

午后，我们准备去下一个点采访。临上车前，我在村便民服务中心，偌大的电商农副产品店买了三把挂面、两瓶蜂蜜和一大袋干蘑菇。此刻，其他同行也买了不少的东西，这也算是消费扶贫吧！但后坪乡文凤村给人留下了难以忘怀的印象，父老乡亲们脸上流露的幸福笑容，已深深地镌刻在我的心上……

春风沐浴的乡村

早就听说，涪陵区马武镇乡村振兴搞得不错。各村各有千秋，各有特色，各有一道绚丽的风景。还说，村民的小康生活，过得比蜜甜。他们到底好在哪里呢？带着这个问号，我探访了涪陵区马武镇。

这是明媚春日的一个上午，乳白色面包车，从重庆母城出发，在高速公路上疾驶约莫一个半小时后，在"中国榨菜之乡"、涪陵区马武收费站下道，就进入了马武镇的地界。汽车在盘山柏油公路上欢跑，首先经过的是马武大桥、将军大桥。我心想，难不成这块土地上曾诞生过将军？此刻，我出于好奇，无心观看窗外一闪即逝的青山绿水，而是马上打开手机，在互联网上快速搜寻。果然，找到了典故。

马武镇，位于重庆涪陵区西南部24千米处，因东汉大将马武曾屯兵于此而得名。1931年置为镇，全镇面积161.5平方千米，辖17个村，2个社区，121个村（居）民小组，拥有4万余人。在近百年的沧桑岁月里，这块肥沃的大地上，有诸多生动而又传奇的故事。在我的记忆里，重庆市以人名冠名的乡镇，实属罕见，除此之外，我只知道，万州大瀑布附近有一个以大将军甘宁命名的甘宁镇。我想，至少表明当地庄稼人崇尚、崇拜、景仰英雄。

到了，到了，马武镇到了。友人的叫喊声打断了我的思绪。

出迎的是马武镇党委宣传委员李瑜琼。她微笑着道："真不巧，书记、镇长临时接到紧急通知，到涪陵区上开会去了，派我来当向导，各位作家不会见外吧！"带队的市散文学会会长刘建春道："怎么会呢？很好很好，有你就足够了。"在生态园宾馆，我们放下行李，简单午餐后，来不及休整长途跋涉的疲惫和倦意，就急匆匆地走进了紧靠生态园大门右边的，远近闻名的"古今花海景区"。

进入花海，大家顿时就被五颜六色、七彩斑斓的奇花异草吸引住了。徜徉在花海，领略大地山川的自然风情。在花海大门的左手边，是马武大将军骑着一匹剽悍的战马，身披铠甲，手持战刀，两眼如炬平视前方，奔腾向前，形象逼真的大型雕塑。四周插着一排排红黄相间的，标有"东汉"的三角战旗，在春风中猎猎飘荡。园内有雕梁画栋的亭台楼阁，有小桥流水，在蓝天白云的映照下，就是一幅奇幻无比，层次分明、楚楚动人的水墨画。不禁使我从心底发出赞叹：这里的风光，实在是太美了。

大型的英雄雕塑与今昔的花海融为一体，自然有其深意，也许，这就是"古今花海"的由来。据传，方碑村境内，因有一清代乾隆四十八年（1783年）修建的八方路碑而得名。在花海景区，我目睹到古代传递信号的烽火台、练兵场、城墙。再往里走，我们看到有不少游客，三五成群地在对面的小山坡犹如七彩的地毯上，欣赏着各种花卉。上前走近一瞅，这简直就是一片婀娜多姿花的世界，花的海洋：有娇贵的虞美人，有黄的、红的、白的郁金香，有高原格桑花，有象征爱情的绣球花，有黄桷兰，有褐红色的、洁白色的、粉红色的山茶花，还有杜鹃花、樱花、蓝星星以及许多叫不出名的花木。总之，应有尽有，好不漂亮、好不惊艳、好不夺人眼球。此外，园内还设有儿童世界，有美味可口的烧烤铺，供食客们任意选择。

打造这个偌大的花海，据说是出自一个农民企业家。起初设想投资兴办以休闲、赏花、娱乐于一体的文旅方式，是需要眼界、勇气和胆识的。在当地党和政府的关怀及一系列惠民政策的支持下，"古今花海"开业几年来，吸引了周边城市的大量游客，特别是春秋旅游旺季，客人爆满。李瑜琼介绍说：如果不是受疫情大气候大环境的影响，这里的生意，还要红火些。

从花海出来后，我们去马武将军纪念馆参观，通过不少的图片及史料文字记载，使我对他的生平、历次战功有了较为完整的了解。对烟云历史的观摩，这本身就是增长个人见识、陶冶情操、提高修为的过程。

离开马武将军纪念馆，我们又到不远处的梨花园赏花，但见那满山遍野白花花一片，正如古人吟：忽如一夜春风来，千树万树梨花开。其每一枝洁白、无瑕、优雅的梨花，都是诗都是画，它象征着每户农家的花样年华。

我见花园旁边有一个翻新的农家三合院老宅，便去院坝转悠，这时一个佝偻着背，身体硬朗，且慈眉善目的老大娘，从田间地头回来。一访问，方知她已80高龄，养有三儿一女。她十分热情地边给我们沏茶边摆龙门阵："如今他们都成了家，立了业，在涪陵城里、在镇上都买了房买了车。"当我问她："儿女们都孝顺吗？"她答："个个都乖，时不时都要接我到城里住上一段时间。不知咋的，我不习惯城里的生活，整天闹麻麻的，不如村里清静，就更不用说呼吸新鲜空气了。"我又问："现在的日子过得好吗？"她乐呵呵地说："好好好，如今上头惠民政策好，农民们都不愁吃穿了。如今的生活呀，真是芝麻开花节节高啊！"

翌日一早，我们一行走访了林口村的竹、白果村的树和碑记村的桥。

林口村综治专干李万云带我们到近500亩的竹海观摩，在郁郁葱葱、苍翠欲滴的楠竹林里，他边走边兴致很浓地介绍："随着这些年党的一系列富民政策的实施，村上把这片竹林承包给了村民，使他们利用竹子、竹荪、竹笋走上了脱贫致富的道路。如今在乡村振兴的进程中，正向着更加美好的生活前进。"此外，他还介绍说："为了扩大收入经营面，我们还因地制宜，成立了种植中药材股份有限公司，专种黄精。"在大自然的竹海里，吸着天然氧吧，文友龚会大发感慨："我要把胸腔的浊气吐出，吸纳进这天然的、清新的空气，释放压抑的心情。"

离开竹海，我们又去观摩了山上白果村的有 400 余年历史的白果树（注：学名银杏树）。到了树下，陪同的李瑜琼道："这里海拔在 1000 米左右。当地村民习惯叫它白果树，因果实是洁白的，这就是白果村的来历。"这棵栉风沐雨，饱经沧桑的白果树，至少要三个成年人伸展双臂才能围住它粗壮的腰身。但见它金黄色的叶片落尽，枝干枝丫，像一把把锋利的宝剑，刺向苍穹。此刻，我还发现，有的枝丫正在发出新芽。试想，再过几个月，它一定会在阳光雨露的照耀下，蓬勃生长为一柄巨型的绿伞，不仅是一道独特的亮丽风景，更是护佑着整个马武镇经济社会向着高质量发展。前几年，镇上为了拓展乡村文旅资源，在此立有《白果树序》的石碑。它的存活，就是对山民们淳朴、坚韧、沉稳品格的象征。

最后一站，我们一行来到了山谷底的碑记村的一座碑记桥参观。相传，此古桥始建于宋朝末期，是过去天府之国，四川盆地通向湖北的交通要道之一。1996 年，当地连降暴雨，导致山洪暴发，大量的泥石流险些冲塌碑记桥。事后，为了保护此文物，四川省人民政府在此立碑，作为省一级文物保护。同时，为防止行人通行路过时掉下溪沟，还拨专款，对裸露的桥身进行了铁栅栏加固处理。据知情者透露，对此桥的进一步原貌风格修缮，涪陵区马武镇作为文旅发展的一个项目，目前已有规划，但愿到那时，一座崭新的、保持古朴原始风貌的单孔碑记桥，一道亮丽的风景，又将呈现在世人面前。

　　参观后，我们沿石梯和土路，来到碑记桥下合影留念，但见淙淙清亮的溪水，清澈见底，它带着如今山民们喜悦的信息，以它泉水叮咚的姿势，唱着歌儿，流向远方！也但愿春风沐浴下的马武镇，在新时代踔厉奋发新征程中，铸就新的辉煌，谱写出更加壮丽而耀眼的新篇章！

徜徉科技城

人工智能是人们智慧生活的象征，也是高科技发展的必然趋势，更是一个走向强盛民族的显著标志。它像一座富矿，源源不断地为人民生活提供取之不竭的资源。

何为人工智能？的确是一个既陌生又较为熟悉的字眼。如智能手机有多种使用功能，这在人们日常生活中是普遍现象。而究竟怎样人工智能法，这在中华大地还是个新鲜而又实实在在存在的新生事物，值得社会各界关注。因此，我们带着诸多好奇，粗略探访了坐落在巍巍歌乐山下的上海交通大学重庆人工智能研究院。其根本目的是为了增长见识，为不了解这个行道的人们知晓该行道的秘密和运营模式。

这些年，随着我国科技事业不断创新，各种研究院雨后春笋般涌现，如航天研究院、生物研究院、文化研究院等。各有各的主题研究对象和方向。而人工智能研究院在重庆落地生根实属首创。

金秋十月的一天，阴转晴。美丽山城风和日丽，金桂飘香。重庆市报告文学学会会长杨辉隆率领六位资深名作家和中国新闻社重庆分社社长、重庆日报记者、华龙网等媒体朋友一道，开展"走进重庆科学城，感受人工智能技术创新与产业融合发展"采风活动。

当日下午 3 时许，出迎的是该院负责人石全胜及他的部下、人力资源部总监陈建及小李和小殷。在他们的引导下，去到楼下一个偌大的现代化展览大厅。此刻我的眼前一亮，才知这个研究院是为全面贯彻落实中央"要推动成渝地区双城经济圈建设，在西部形成高质量发展的重要增长极"的指示精神，于2020 年 6 月 8 日，重庆市人民政府与上海交通大学签署战略合作协议的成果之一。

2021 年 12 月 14 日，上海交通大学校长林忠钦跟重庆高新技术产业开发区管理委员会主任左永祥交流会晤，双方达成一致共识和目标：共同建设上海交通大学重庆人工智能研究院。紧随其后，2022 年 1 月 28 日，重庆高新区管委会与上海交通大学正式签订合作协议，共同建立上海交通大学重庆人工智能研究院（简称沪渝人工智能研究院）。上述就是该院成立的历史背景，旨在重庆开辟人工智能新天地。

重庆是一座历史悠久、文化底蕴深厚的名城，更有一片英雄辈出的沃土，在这块热土上，勤劳、勇敢而智慧的重庆人，曾经创造过不少人间奇迹和美丽的传说。一部《红岩》长篇小说，就影响和激励了几代中国人的爱国热情。

据说，这个研究院始建初期，招贤纳士，临时租用房屋面积不过几百平方米，科研人员只有十多人。而如今办公楼已扩大至3000多平方米的建筑，拥有科技工作者60余位。这是一幢三楼一底，造型别致，含金量很高的办公大楼。预计在三年后，该院还将搬迁进重庆大学城，3万多平方米的大楼进行高新技术成果的研究。一句话，该院虽挂牌不久，但截至今年10月，已从国内外吸引尖端科学家30余位，未来他们将组建300名左右的优秀专家团队，其真正的目的和用意，是将各行各业的科技创新成果，通过再研究再创造，转移转化为生产力，通俗地讲，就是千方百计研究计算出它的运用价值，使之转化到人们的日常生活当中。一句话，人工智能的研究，与百姓生活息息相关。

　　五十开外，曾是军官出身，年富力强，精明能干的石全胜，面对一幅又一幅图文并茂，生动有趣的展板和电视银光屏幕，逐一进行绘声绘色、简明扼要的讲解。他首先介绍了本院院长、首席科学家，执行院长及两位副院长，而且对其他知名的，各自擅长的科学学术专家，也逐一作了介绍。紧接着，他又讲解了目前该院的运作办事机构，如工业软件研究中心、智能药物研究中心、综合应用中心、智能医疗创新中心、智能制造研究中心。围绕或辅助服务的部门设置有项目管理部、生态合作部、投资服务部、宣传培训部和财务部。就综合管理部又下设了科技服务部、人力办、行政办等。

　　隔行如隔山啊！通过观摩和运营平台负责人石全胜深入浅

出的讲解，使我这个头脑笨拙四肢发达，对人工智能似擀面杖吹火——一窍不通的门外汉来说，也多多少少明白了一些科技奥妙，并从中悟出一些道道。

术业有专攻。业内人士不难想象，该研究院依托上海交通大学雄厚的科研力量、教育资源和广泛的国内外影响力，聚合全球产学研究优势资源，在祖国西部（重庆）科学城打造全球全生态高端人工智能产业平台，培育建设具有区域特色和产业支撑能力的研发中心，重点实验室、工程技术研究中心等协同创新平台，从此，促进上海交通大学的科研成果在渝转移转化。这对重庆的科学发展无疑是如虎添翼，锦上添花。

尔后，三十挂零，年轻有为的李青松，又给我们挨一挨二地作了补充介绍。他在用标准普通话较为详细生动地介绍了该院五大中心顶尖领衔的专家研究领域成果和国内外所获大奖的情况后，为帮助我们便于理解，还列举了不少人们生活中的实际案例，如对无人驾驶车的研究、对中国航空飞机积雪处理的研究、对国外"卡脖子"尖端技术的自主研发、对肿瘤患者创新治疗尽量减轻患者痛苦的研究、对机器人智能的普遍运用的进一步研发、对新冠病魔的药物研究等，都是与百姓高品质生活紧密联系的相关科研项目，都需要该院同人不断探索、反复计算和论证、认真研究、开发和运用。

徜徉在展览大厅，听了小李如数家珍的生动描述，我的心灵受到极大震撼，惊叹不已：原来是这样的研究过程啊，而且着实让我增长了不少新的科技知识。在这陌生的领域，是该找机会好好补补课了。难怪一位伟人曾讲过：科学技术是第一生产力。试想，一个国家或一个民族，没有先进科学技术的蓬勃发展，要想国富民强，国泰民安，就只能是一句空话。咱们中国人要想真正实现第二个百年奋斗目标，实现中华民族的伟大复兴，建成中国式的社会主义现代化强国，就必须踔厉奋进，大力实施科技、人才和创新战略。要不然，就会落伍，就会处于被钳制状态，就会被动挨打。这样，就不可能跻身世界强盛民族之林。

在谈到人才引进话题时，该院人力资源部总监陈建说：一线科研人员，必须具备研究生、博士生以上的文凭，这样才能在专家的率领下组织科技攻关。作为二线管理人员，其学历必须是全日制大学本科以上，这样才能有助于专业对口，为一线科研人员提供良好的后勤服务保障。他还信心满满地说，前不久，三位中国名牌大学的研究生，已分配到市内重庆大学等高校任教，在网上看到我院招聘人才的信息后，便自愿辞职，主动到我们这个刚刚成立的研究院应聘。我相信，随着时间的推移，随着我院经营的不断扩张与发展，到时候一定会人才济济的。

由此可见，新时代的人工智能，与百姓高端品质的生活密不可分，并不遥远。作为一个新时代的写作者，应该是一个"杂家"，不但要有赤诚的家国情怀，而且必须具备涉猎各种知识的修为、家国情怀和创作能力。如果对一个科研领域的新生事物不闻不问，不感兴趣，或一知半解，或半瓶子醋响叮当，就不可能写出像样的感人肺腑的锦绣文章。

此次采风体验临结束时，石全胜召集大家在该院三楼小型会议室进行了座谈，中新社、重庆日报社、华龙网、市报告文学学会的负责人和各位代表，都诚恳地各抒己见，畅所欲言。总体收获大致有三，一是增长了见识，受教了；二是对科学家们的睿智和才华，更加敬重和崇拜了；三是科学研究，贴近人民群众的现实生活，值得浓墨重彩，大书特书。最后，与会者还提了不少建设性的意见和建议。如建议眼下应加大各大媒体的宣传力度，使人们近距离感受科学技术的力量，尽可能减少或消除科技与百姓生活不沾边的"盲区"，使这个新生婴儿一诞生，就赢得社会各界的高度关注和鼎力支持。

石全胜在会议小结时却很低调，他十分谦逊道：挂牌开张运营时间不长，还是不能大张旗鼓地宣扬。尽管到目前为止，已有 10 余家企事业单位到本院公司平台洽谈合作意向，有的已签约。他还说，前几天，中国人民解放军陆军军医大学已派专人来过。我想呀，等今后，我院研究出了突破性的最新成果，再邀请各位大咖来作深度报道，再深度创作文学文艺作品不迟。

采风活动结束的第二天，我就在手机微信上阅读到中国新闻网、重庆日报和华龙网的新闻报道，这无疑是助力"沪渝人工智能研究院"发展的一个新起点。

我期盼，在未来充满荆棘和坎坷的征程中，该院的专家学者们，不忘初心，牢记使命，在人工智能这一片新天地里，不畏艰险，勇于攀登，研究和创造出最新最美的，令世人拍手叫绝的科技成果，切实为美丽山城重庆的经济腾飞，为中国式的现代化作出不可估量的新贡献！并用激情和智慧，谱写出动人心弦的灿烂华章！

春到华蓥山

去年隆冬时节，我又一次去了气势巍峨，风景旖旎的华蓥山。

虽然阔别多载，但我对华蓥的一切，仍然记忆犹新。它地处华蓥山脉中段。原为华云工农区，后顺应时代改革的潮流，于 1985 年改设华蓥市。

华蓥山，青翠之山，英雄之山。20 世纪 80 年代初的早春二月，我从祖国大西北戍边回来，就入职在华蓥山北麓的前锋（现广安）火车站当扳道员。一眨眼，40 多个风雨轮回的春秋过去了，仿佛这一切就发生在昨天。如今的华蓥山再不是穷得叮当响的旧模样，早已变成了人丁兴旺、社会经济发展繁荣、远近闻名的华蓥市。在我心里，它是我人生的第二个故乡，因这里有我曾经留下的一串串奋斗足迹，更是我人生梦想起飞的地方。此次故地重游，所见所闻，华蓥山处处都透露出浓浓的春天般的气息。

华蓥山，位于重庆市的西北部，为平行褶皱山地，主要由石灰岩和砂页岩构成。平均海拔 1000 米，最高海拔为 1700 米。高峰有高登山、宝顶。是中国西南地区主要产煤区之一。解放战争时期，是川东中共党组织和华蓥山游击队的根据地。

影响了几代人从小砺志，健康成长的长篇小说《红岩》中，就展示了华蓥山游击队革命的英雄片断。如今华蓥市不仅开发了华蓥山石林的旅游资源，而且还在山上立有双枪老太婆的大型雕像，自然成为传统红色教育基地。使旅游观光者在轻松自然的环境中受到人生的启迪和心灵的洗礼。说句心里话，我最美的青春韶华献给了华蓥山，它是我一生魂牵梦萦的一段乡愁。

这次去华蓥，是受四弟儿子娶媳妇之邀，是以长辈的身份去喝喜酒。当天下午 5 时许，我和老伴来到华蓥市内一家环境优雅的星级宾馆。刚洗漱完毕，就接到四弟催下楼，叫去喝喜酒的电话。我说：喝喜酒，不是明天中午的事吗？他卖了一个关子：去了，你就知道了，今晚主要是先预热预热。

按当地老百姓的风俗习惯，是先在农村新娘家吃"流水席"，第二天中午才是由新郎家举办的正式婚宴。于是晚上 6 点钟，我们准时到达城北，去品味由女方承办的"流水席"。但见 30 多桌酒席，人来人往，好不热闹喜庆。我听说，"流水席"是从当天中午开始的，现在已是吃第三轮了。紧接着，还会有第四、第五、第六轮……

据当地人介绍，这"流水席"挺讲究规矩的，除家族亲戚外，还有七大姑八大姨、至爱亲朋，凡就近的乡邻乡亲，只要愿意凑热闹，都可以出席，而且是喝好吃饱就离席，从不烂酒、醉酒、耍酒疯，因后面还有不少人等着哩。见到这般热闹非凡的喜庆场景，我不仅再一次领略到华蓥山人古朴的民风，更看到了他们生活走向富裕那一张张幸福而甜蜜的笑脸。当然，我和老伴也没客气，开怀畅饮了几杯，吃了一阵，就自觉匆匆离开了，目的是不要耽误了后来的宾客入席。

当晚10点，我在宾馆房间刚躺下看闲书，三弟又邀约了几个朋友，说是要陪我这个大哥在一家条件不差的小酒馆喝酒。在不便推辞的情况下，我对老伴说，偶尔体验一下山里的夜生活也行，没准，还能了解到当地更多的风土民情，沧桑巨变哩！她只好依了我。

席间，但见一桌丰盛的菜肴，有当地风味的辣子鸡丁、三鲜鱿鱼丝、大卤拼盘等特色菜品。酒过三巡，菜品五味之后，趁着酒兴，姓彭姓蒲姓陈的友人先后举杯把盏，畅所欲言，直抒胸臆。讲了不少以前清贫生活的小故事。小彭，五十出头，长得敦实，貌不出众。他首先深深地感慨道：想当年，大哥，我是你三弟的徒弟，他是我的好师傅。

那时，他是华蓥火车站货场赫赫有名的吊装车司机，我是个普普通通的施绳工。那年月，烟、酒、肉、糖、布都凭票供应，生活拮据，物资匮乏，一天劳累之后，别说吃山珍海味，生猛海鲜，能有几颗油酥花生米，几片猪头肉，白菜豆腐汤下酒，就已经够奢侈了。哪像现在，要吃什么，想喝什么都能买到，就连普通老百姓都消费得起。由此可见，今非昔比，人民的生活光景一年比一年好啊！

是呀，如今处于盛世，物产丰富，什么都不缺。我深有感触地说。过后，我得知，因国家政策允许，小彭小两口在市内开了一家规模不小的汽车驾校（私营企业），他是校长，其爱人是分管财务的副校长，小日子过得很殷实很滋润。紧接着，小蒲和小陈也摆了不少有关日子过得很好的龙门阵。小蒲是铁路上某单位公司的部门经理，小陈是市领导的小轿车驾驶员。

斯时，又勾起我心里的一桩桩难忘的往事。

二十世纪七十年代中期，父亲在襄渝铁道线上一个小站当站长，我从华蓥山腹地四川矿业学院附中高中毕业后，积极响应党的号召，以知识青年的名义，来到合川县高峰公社（注：当时的华云工农区交界处）插队落户。农民们心里清楚，自1949年新中国诞生，人民翻身做了国家的主人，可是，一些老、少、边、穷的革命老区，老百姓的生计并不殷实。我下乡的建勤九队，山民们的生活就很清贫。

那年月，生产队穷啊，一个壮劳动力，一天劳作记工分10分，折合人民币，只有一角八分五厘钱。农民们一日三餐，主要吃的是玉米粥，外加土豆和红苕，很少见到白馍和米饭。只有过年才能杀一头猪和一只鸡或一只鸭。在蹉跎岁月，也不知咋搞的，村民们每天面朝黄土背朝天，辛辛苦苦干活，一年到头，日子却过得很清苦。

记得有一天收工后，我上山砍柴，不幸左手三个指头被镰刀砍伤，李队长闻讯后，及时叫他大儿子给我拿来止血药，并送来自家舍不得享用的10个鸡蛋，使我渡过了难关。至今，我的左手上，还残留着一道疤痕哩！有一回，我收工回家，听说计分员的老母因营养不良，全身浮肿，瘫在床上，不能动弹。我便将自己家带来的大米拿了10斤过去，使对方非常感激。

因我在广阔天地里接受贫下中农再教育表现不俗，第二年春天，公社领导听说我在当时的几百名知青当中能虚心学习，吃苦耐劳，能与山民们打成一片，就把我叫去"五七"农中任代课教师。再后来，我就志愿报名参军，走了。六年后，我告别绿色沸腾的军营生活，退伍参加铁路工作，又回到了华蓥山。为了感恩，我再一次来到生产队，探访和慰问了父老乡亲。那时，他们的生活有所改善，但没有现在的变化大，尤其是经过三年的扶贫攻坚，和眼下的乡村振兴，村民们的生活蒸蒸日上，越来越好。

在山民们没有幸福指数的日子，再壮美的绿水青山，也会显得一片苍凉。依稀的记忆里，我永远忘不了那段难熬的苦日子。

坦诚地说，我喜爱泰山、黄山和喜马拉雅山，但我更钟爱造就我走向社会，思想日趋成熟的华蓥山。因在大山深处，使我不仅深深感受到了中国农民躬耕的辛苦，更磨炼了自己的意志及品质，同时，也感悟到了许许多多正直做人，踏实做事的人生哲理。过去，这山旮旯里的人，祖祖辈辈没见过汽车、火车，也没见过江河里的大轮船，一直窝居在深山老林。自从二十世纪中叶，山里有了公路通汽车，七十年代又新修襄渝铁路通火车，才使山农们看到了新生活的希望，看到了光辉灿烂的未来。

大哥，我们还是继续喝酒吧。三弟见我若有所思，便插话打断了我的回忆。

第二天上午，我与老伴在三弟的陪同下，游览了华蓥市城边那郁郁葱葱的安丙公园。尽管时值深冬，但满山遍野的山茶花依然绽放得红红火火，格外耀眼。三弟说，若是你阳春三月来，这里满山遍野的映山红，俨然是一片红色花的海洋，令人着迷。斯时，我们迎着冬日暖阳，拾级而上，信步上到公园高处，俯瞰全市美景，在清风的吹拂下，好不惬意。在山上，我站在安丙高大的汉白玉雕像前，大脑又进入我国南宋时期的历史烟云之中。

安丙，何许人也？他有何传奇？老实说，以前我在广安谋职，从未来华蓥市瞻仰过安丙，当时，只是耳闻，此行算了却一桩心愿。经考证，安丙以进士入仕，虽常年忙于军国事务，然亦有不少文字著述。据宋人记载，安丙平生诗文汇集于《晶然集》中，还有记录吴曦之乱的《新旧安丙楼记》和指导胡酉仲编纂吴曦之乱及其平定的相关资料汇《靖蜀编》四卷。遗憾的是，这些著作皆未传承下来，但仍有一些零散诗文存于宋代文献典籍之中。从这里，我们不难看出，安丙是华蓥山人民的自豪和骄傲，后人的血性中，有着祖先血脉的遗传基因。还听说，他的墓就在一个高高的山坳上。

不过，好在三弟和当地友人向我讲述了不少。他说，安丙有着敏学善思，勤政仁民，矢志复疆，智平吴曦，勇定"红巾"等动人而传奇的故事。还说他是一位了不起的一代枭雄，是晚辈们学习的楷模。当地党和政府这些年十分重视弘扬安丙文武双全的精神，培育家国情怀，不仅兴建安丙公园永久纪念这位杰出英雄，而且还在民间大量收集整理了有关安丙的历史资料，并将他的英雄壮举故事，一段段镌刻在公园大门两旁的一块块石碑上，以供游人阅读敬仰。这无疑是华蓥市决策层，为文旅开发，为繁荣当地传统文化，弘扬主旋律，传递正能量，以文点化人心灵的明智之举。他们深知，底蕴深厚、源远流长的文化，是照耀人们前行的精神火炬，没有文化的民族，没有英雄的民族，是没有希望的民族。

出席完这桩隆重而简朴的婚宴后，当日下午，我和老伴驱车驶离了华蓥山，可脑海里仍在闪现着华蓥山的昨天和今天，我曾是这里的奋斗者，更是亲历者、见证者。它不仅是苍翠欲滴，郁郁葱葱之山，也是气势磅礴，巍峨雄壮之山，更是当地人民向往美好生活的福祉之山。你瞧，那条经过当地政府精心治理，穿城而过，清澈见底的清溪河，正以它奔腾的气势与豪迈，踏着自己独有的节拍，流入大江，汇入浩瀚的东海。潺潺的流水声，又仿佛是一曲曲动人的旋律，正在传颂着华蓥山人民续写美好而幸福生活的一曲又一曲新的美妙动听的交响乐！

行笔至此，感慨万千，意犹未尽。原因是在这片沃土上，从不缺乏生长故事的土壤。我衷心企盼华蓥山的明天，在和煦春风的吹拂下，变得更加葱郁苍翠，更加英姿勃发，更加灿烂辉煌！在我心中，巍峨的华蓥山，是一幅葱郁、雄伟而淡雅的巨幅画卷。

呵，这就是我心中永远苍翠欲滴的华蓥山！我坚信，在春风沐浴下的华蓥山，未来一定会变得更加美丽、动人、耀眼！

红柠檬红了

　　一个人，来到世上，不只是活着，还应干点有人生价值和意义的事。

　　走进果园，顿时，我就被这满山遍野的广柑树枝上，那沉甸甸的、红彤彤的果子所吸引。并情不自禁发出感叹：啊，这么多的红柑橘，甚是抢人眼球！此刻，一旁知情的文友郝大姐，以调侃的口气说："喂，老兄，有没搞错哦，不懂，不能开黄腔哟！这可是世间少有的稀罕物，上市价格不菲，属高端农副产品。就目前而言，全世界只有地中海等五个种植基地。中国境内只此一家。"她手指着山上的果林，绘声绘色地介绍道："这是红柠檬。"

　　这究竟是咋回事？读者耐着性子，看完这篇短文后，就知道这其中的奥妙了。本篇想侧重讲讲一个性格倔强的女性，与红柠檬的动人故事。

　　立冬前夕的一天晚上，文友春雷打来电话，说是巴南云篆山红柠檬种植基地，今年喜获大丰收，其场景十分壮观，我们不妨去采采风，欣赏欣赏？我答："好哇，不过，我只听说过世上有黄柠檬、青柠檬，还从未听说过还有红柠檬，新鲜，真新鲜，那我得去看看。"他道："这个多彩缤纷的世界，我们不知道的事还多着哩！青柠檬、黄柠檬只是柠檬大家族中的普通一员，而红柠檬，才是名门贵族，果子外形如柑橘，皮薄、肉嫩、肉厚，到时你去了就明白了一切。"

第二天一早，我就跟春雷老弟及其他几个朋友一块，从重庆市区驱车前往郊外的巴南区云篆山。在车上，我仍在思索，红柠檬真有他们说的那般邪乎？或许，不过是文友茶余饭后的几分艺术夸张罢了。

约莫半小时后，我们一行六人，来到了半山腰上的红柠檬种植基地。事先在此地等候的是巴南区作协性格开朗，热情奔放的郝老师。当我亲眼看到山山岭岭的果子时，便闹了个笑话，就是开头那孤陋寡闻的一幕。过了一会儿，重庆上田生态农业开发股份有限公司总经理熊晓梅出现了。

据说，年轻的果农们，喜欢亲切地唤她梅姐。她，看上去三十八九岁，眉清目秀，身材窈窕，身着一件香槟色大翻领皮夹克，气质高雅，谈吐不俗。尤其是她坚毅果敢的眼神里，时时闪耀出待人亲切、清澈的光泽。明眼人一见，就知晓她年轻时，一定是美丽山城典型的、颜值很高的美女，大胆泼辣。也是一位饱经沧桑，巾帼不让须眉的性格鲜明的女强人。都这般年纪了，她仍风姿绰约，风韵犹存。这是熊总留给我的第一印象。紧接着，她毫不掩饰，心直口快，讲起了她酷爱红柠檬的那本经。

她说："沃尔卡姆红柠檬原产自地中海区域，果实中等大小，不像其他柠檬呈椭圆形，并且在尾端有明显的乳突状凸起。其生长期颜色为绿色。果实成熟期为每年的 11 月上中旬，果皮橙红色，外观近似橘子，果实椭圆。1987 年以种子方式从西班牙引入。2005 年，重庆上田生态农业开发有限公司首家商品化引入。我给它取了个好听的名字叫妃柠。寓意是外表妩媚，内心秀丽。"

熊晓梅继续说，我们为什么要种植红柠檬呢？这是因为，红柠檬是果类中维生素之王。具体说，红柠檬具有平面结构的有强烈生物活性的脂溶性黄酮类成分，具有抗癌、抗炎症、抗氧化、抗动脉硬化、抗过敏、抑制血小板凝聚和调节神经中枢、抗诱变以及心血管等药理作用。因此，具有潜在的抗癌药物或者功能食品的开发价值。

熊晓梅说到红柠檬的诸多好处时，喜形于色，声音甜脆，如数家珍，口齿伶俐，抑扬顿挫，引人入胜。原来，我只肤浅地知晓柠檬对调理人的肠胃有好处，真没想到，它还有这么多的药物疗效。不愧是柠檬家族中的贵族，娇艳而昂贵。青的像竹，黄的像云，红的像霞。

是啊，人间处处皆学问，对一新生事物，只要你用心去琢磨，准能从中悟出一些道道。

如果你们要想真正了解，我为什么要选择种植红柠檬这个项目，话还得从我最初的人生艰苦创业讲起。

熊晓梅是在中梁山国营嘉陵厂厂区长大的孩子，家有姊妹四个，她排行老幺，人称四妹。其父原是市计划委员会的机要员，后来主动要求下到厂里工作。其母亲是重庆轮胎厂质量检验室的化验员。18岁那年，山城幼师毕业的她，当上了厂幼儿园教师。

幼儿园整天跟天真活泼的孩子们在一起，唤起了自己清纯、天真无邪的童心，那段日子很是开心。一年后，厂领导见她表现很出色，便调她到厂劳资科当劳资员，并兼管全厂职工报销和计划生育工作。不到两年，她觉得事务烦琐，工作太累吃不消，又因厂里效益不好，每月辛苦下来，薪水不足300元。

在社会朋友的鼓动下，当年政策允许，就毅然决然地办理了停薪留职手续，走出工厂，下海闯荡。视她为掌上明珠的老父知道后，就劝道："下海经商，你不是那块料，商场如战场，腥风血雨，你不要东想西想，还是老老实实，旱涝保收地在厂子里待着吧！不然，到时吃了哑巴亏，你后悔都来不及。"

这一回她没有听父亲的，而是对他说："老爸，趁我年轻，让我去创业，人，总不能在一棵树上吊死吧！我不会让您老人家失望的。"

离开厂后，她先是在厂对面租了两间临街的旧房，经过周边实地考察，认为开一家羊肉馆，是最恰当的商机。于是，招聘了两个伙计，买齐了锅瓢碗盏，就挂牌正式开张营业了。当时生意很红火，每月纯利润收入达一万余元。

那个年代，一月就成了万元户。后来，有姊妹伙对她说，做汽车配件生意，更能挣大钱。于是她又改行，把铺子转租给别人，自己就去与一家军工企业合伙做生意。当时，有人说，你一个20出头的小姑娘出来做生意，就不怕担风险，就不怕上当受骗？商场如战场哟！从某种角度上讲，商战更险恶，一不小心，就会掉进陷阱。

果然，被父亲言中了，好景不长，因上头政策有变，她们再也拿不到便利的批发配件了。生意亏本后，她消停了一阵儿，笑过哭过，沮丧过，徘徊过，迷惘过。也在深刻反省自己，脑子里一直在思索，难道大活人会被尿憋死吗？那些天，她心里暗想，既然走出了单位，不可能再回去上班。我就不信，寻找不到一条光明之路。

后来她想到了读书，因知识的匮乏，会限制人的想象，会影响思考问题的格局和站位。经朋友推荐，她考进了成都一所大学深造。三年的寒窗苦读，使她深深体会到，只有用丰富知识武装大脑和敢吃第一只螃蟹的人，才能改变命运，才能搏击风雨，掘出一片新天地。

跨出象牙塔，作为知识女性，熊晓梅不甘寂寞，不甘落伍，义无反顾，又相继到处应聘，先后干过品牌设计、投资商等职业。直到后来个人资本原始积累到一定程度，就想到了滚雪球，钱生钱。于是，她的勃勃野心就更大了，从来没想过收手不干了。按常理，一个人，有了不少的钱，已有车有房，后半生几乎是衣食无忧了。然而，她没这么想，而是想干一番更大的事业。因此，就来到巴南云篆山艰苦创业，搞红柠檬的种植项目。

国家深化改革之年，不怕你做不到，就怕你想不到。她坚信，机遇永远属于有准备的人。当然，她也清楚，机遇与汗水、心血、智慧，是一对孪生姐妹。

不管做什么，选址很重要，选对了，就有正确的方向，如果选错了，就会偏离航向。选在云篆山逶迤的风景区创业，无疑是熊晓梅的明智之举。

云篆山，是一块风水宝地，历史文化厚重。它位于重庆市巴南区山洞街道及莲花街道境内，是美丽山城重庆市总体规划中的森林公园之一。距市中心解放碑28千米，山洞城区7千米。海拔高度为650米，是重庆老"巴渝十二景"和"巴南新八景"之一。云篆山旅游资源丰富，特色突出。

明朝著名政治家、军师刘伯温，给予云篆山的评价是："天下大乱，此地无忧；天下大旱，此地得半。"云篆山呈宝塔形，气势雄伟，由九堡十三湾组成。远视如睡佛望月，近看犹如一根庞大的擎天柱，山间地势险要，妙趣横生。有云篆松林、云山湖、长清水、牛舌头等自然景观20余处，森林高大茂密，遮天蔽日，湖水清澈，碧波荡漾；有山寨门、云篆寺、老院木刻、清风楼、罗汉井、文昌宫、宝莲寺等人文古迹，历史悠久，源远流长。

起初，熊晓梅与合伙人打算投资在山上打造一家规模不小的云篆山度假村。可土地确权、规划设计、画线打桩不久，当地政府又有了"退耕还林"的红头文件。政策变了，咋办？开弓没有回头箭，只能顺势而为，随时代潮流而改变自己的谋划。就在这时，一个偶然机遇悄然而至。

有一天，一个朋友见她愁眉苦脸，就对她说：何不用这块征得的地，开发世上奇缺的红柠檬种植基地，既符合上级政策，又能源源不断地为市场提供需求。万事开头难，红柠檬种植，谈何容易，土地流转，变更用途不说，就每亩土地，赔付农民1200斤稻谷，就压得人喘不过气来。如果没有雄厚的资金做保障，那将是痴人说梦，竹篮打水一场空。

种植红柠檬，虽可以从外国引进树苗和栽培技术，但它的八年收果期，实在是太漫长了。即便贷款投资开发此项目，又何时能资金回笼，收回成本，何时还清贷款，又何时能够赚到钱呢？老实说，尽管熊晓梅在江湖跑了多年的"烂船"，多少积累了一些经验教训，但一时要大胆地决策，还是徘徊犹豫了一段时间。万一此项目搞砸了，血本无归又咋办？

思前想后，最终，熊晓梅还是以惊人的胆识，一意孤行。是呀，凡想成大事者必有风险，没有大的经济风险，就不可能有大的利润回报。前怕狼后怕虎，就不是她的性格，就永远做不成一件大事。

当决心下定之后，熊晓梅就联合了几个志存高远，对此项目感兴趣的人，筹建班子，开始创业了。先是招贤纳士，2013年，以个体户的方式开始筹备，直到2016年，各方面条件相对成熟了，工作进展顺利后，才正式注册成立这家农田责任有限公司。

"我出任总经理，另配了两名懂红柠檬技术，综合能力超强的干将做副职，下设销售部、财务部和行政部。在这里，我毫不隐瞒地说，当时我年龄不算大，要干出一番事业，其艰难程度是不言而喻的。一句话，做红柠檬这个项目，前途是光明灿烂的，但道路是十分曲折的。就拿栽培技术这一块来说吧，初期引进的150亩的幼苗栽种，就是个技术活，选地也必须是在海拔300米至500米之间的山地，其土质还必须符合红柠檬最适合的生长。一朝栽培，四年才能初结果实，而八年后，才能大面积丰收。这个周期不短。后来，我们通过邀请农科所研究人员潜心研究，发现了红柠檬也可以通过嫁接的方式，这样就大大加快了成果的周期。比方说，种小树苗，四年才能结果，而还不是丰收，而嫁接移植，只需花两年时间，就能有良好的收成"熊晓梅说。

栽培难题解决了，新的问题，又自然而然地冒出来了。

一个新生"婴儿"的诞生，市场接不接受，是最大的难题。

"果然，红柠檬初期上市，市场不响应，不接受。比如说，黄柠檬比比皆是，上市后卖10元20元一斤，传统食用者习惯购买，顾客们乐意接受这个价格。而我们红柠檬的价格定位在80块钱一斤，整整翻了几倍，要想让消费者转变陈旧观念，愿意购买，实在太难太难。所以，最开初，我们只好到四五星级的大酒店，或高档的夜总会，料理调酒师那里试一试，他们要，可需求量并不大。面对窘迫的局面，怎么办？最后，我心想，如果大面积精心种植的果实卖不出去，不是白耽误工夫，太可惜了吗？

"随后，我把两个副总留在公司看家，带着一个助手，马不停蹄地跑销售渠道。不仅跑市内的各大超市，上高端水果货架，而且三番五次，不怕碰钉子吃闭门羹，带着样品去北京等地农商平台推销红柠檬。终于收到了效果，这就印证了那句话：功夫不负有心人。当与北京农商网络平台合作签约后，我们才吃了个大大的定心丸。"

此时，熊晓梅不无开心地说："目前，我们的销路顺畅多了，不少普通家庭，也开始渐渐接受了。不过，我粗略测算了一下，就眼下状况而言，每年全国也只能有 25000 个家庭，能够享受到红柠檬的食用待遇，因毕竟产量不高，你就是拿钱，也很难在市面上买到。现在，我们每年生产 700 吨左右，利润已有 100 多万元，继续发展下去，前途将是一片光明。"

说到红柠檬的成长，也是经历了一番风雨的袭击的。那是难忘的 2016 年隆冬。素有若干年难见大雪的重庆，突然下了一场百年难遇的鹅毛大雪。当时，云篆山的雪，覆盖了已成熟的红柠檬，眼看喜获大丰收，结果被大雪压弯了树枝，冻坏了一个个可爱的、红彤彤的柠檬。面对大雪封山、不可抗力的自然灾害，熊晓梅说，"我们只好退掉订单，把落地的红柠檬全部报废处理，不可能把冻伤的产品，以欺骗的方式卖给消费者"。这一年，经济损失惨重。她说，"那些天，心痛极了。但是，我决不因为挫折而放弃这项认准的事业。"

闲聊中，我们了解到，为了精心浇灌和呵护红柠檬生长，熊晓梅一心扑在工作上，视一个个红柠檬为宝贝疙瘩，吃住在山上公司，平日里，很少回山下城里的家，也深感对年迈父母的孝顺太少太少，欠他们的情，欠他们的养育之恩，实在是太多太多。想到这些，她常常深感惭愧和内疚。

"如今，我们红柠檬的种植基地已扩张到了500多亩，昨天，又有一家种植广柑的果农来谈合作，我打算全部按当下市场价收购。总而言之，我们公司比始创初期好多了，当地党和政府也十分重视和支持。特别是我们的优质产品，去年参加全国农副产品评比，一举夺得金奖，声名鹊起。"

"经过精加工成柠檬糖、柠檬膏，外加精包装，如今我们的红柠檬，不仅在国内打开了市场，而且还出口了好几个国家，有的市场还供不应求。迄今为止，除本市报刊、网站和电视台作报道外，中央电视台七频道《每日农经》《农广天地》等栏目组，也先后三次派记者来对基地的典型做法进行了深度报道。由此可见，种植红柠檬，大有希望。"她说，"这让我感到莫大的欣慰，事实证明，我是在做一件功德无量的好事。"

黄昏时分，日薄西山，我们依依不舍地离开了该公司，离开了一树树鲜艳可爱的红柠檬，也告别了该公司精明能干，足智多谋的熊晓梅总经理。但愿她和她的红柠檬，在未来的征途中，继续沐浴着党的惠民富民政策的春风，助力新时代乡村振兴，道路越走越宽广！

最后，笔者衷心期盼，熊晓梅和她的红柠檬，用心血和智慧，谱写出一曲曲更加扣人心弦，更加美妙而迷人的创业者之歌！

红柠檬红了，是熊晓梅一个重庆妹子和她优秀的团队，用心血和智慧染得红艳艳。

延安的红色记忆

"解放区的天是明朗的天，解放区的人民好喜欢，民主政府爱人民呀，共产党的恩情说不完……"一曲经典而又充满人间真情的老歌，又回荡在耳畔。

仲秋时节，我从重庆乘动车经西安，然后换乘去了一趟梦寐已久的延安。

延安是什么？当年是红色根据地，是令日寇和国民党反动派闻风丧胆的革命圣地。毛泽东等老一辈无产阶级革命家，在这里不仅日夜指挥着正面战场的对敌斗争，而且还频繁给白区隐蔽战线的地下党，通过红色电波下达指令。如当时重庆红岩村八路军办事处领导者周恩来就接到不少电文。而今的延安，是进行革命传统和延安精神教育的基地。换言之，无论是过去，现在，还是将来，它都将是十四亿中国人民心中，永远也抹不去的红色记忆，一笔历史厚重而宝贵的精神财富。

纵观古今，在历史的长河里，每一部闪耀着璀璨星光的优秀历史，都会有着历史政治风云际会，突变的瞬间，总会有若干起伏跌宕的历史转折点，延安就是其中的一个范例。毛主席和共产党领导的人民军队，在延安整整驻扎了十三个风雨轮回的春秋。它是神圣的延安，它是中华民族从此告别苦难，酝酿新中国诞生，逐步走向辉煌的象征，是培养和造就一代革命者成长的摇篮，更像是一缕缕温暖而和煦的春风，吹拂着神州大地。那时，在乌云笼罩，白色恐怖，战火纷飞的恶劣环境下，但凡有志向有理想的社会各界仁人志士，包括进步的爱国学生，都要想方设法，积极投奔红区延安，寻找正义的真理之光。

孩提时，听父辈讲，没有共产党，就没有新中国。长大后，我从电影和书籍里，领略到有关延安的传世佳话。如电影《永不消逝的电波》中的地下工作者李侠等革命先烈们，为了信仰，抛家舍口，英勇无畏，慷慨激昂，前仆后继，视死如归的高大形象，就在我脑海里打下了深深的烙印。后来，凡是反映那个年代的战争片、谍战片、电影电视剧都免不了有红区延安的影子。这是因为，延安是革命人心中的崇高信念之高地。只要收到延安来电来信，就会视为党中央的最高指示，心潮澎湃，欣喜若狂。

这次去延安，我登临宝塔山上的宝塔，俯瞰这片山山水水。这个地标性的建筑，就是当年共产党人领导工农闹革命的历史见证。站在高高的宝塔山上，极目远眺，心潮起伏，热血沸腾，浮想联翩。好一派陕北迷人的风光，当年，峥嵘岁月里，这看似一个不起眼的，一片又一片的黄土岭，看似半山腰上，一个又一个不起眼的旧窑洞遗址，一个又一个名不见经传的城镇，却发生了不少伟大的创举和惊天动地的传奇故事。这些扣人心弦，感人肺腑的故事，早已彪炳青史，将流芳千古。

从宝塔山下来，我又先后参观了杨家岭、枣园和延安革命纪念馆。杨家岭中共七大会址庄严神圣，一栋普通砖木结构的建筑，底楼小礼堂里召开了决定中国命运的一次盛会。

1938 年至 1947 年，毛泽东、周恩来、刘少奇、朱德等老一辈无产阶级革命家，在延安开展了举世闻名的大生产运动、党内整风运动，和胜利召开了延安文艺座谈会，并创下了艰苦奋斗，自力更生，丰衣足食的延安精神。三五九旅开展的热火朝天的大生产运动，仿佛就发生在昨天。

经过延安整风，到 1945 年 4 月 20 日，党的六届七中全会通过《关于若干历史问题的决议》，"实事求是"被确立为党的思想路线，前后共经历了七年时间。无数事实雄辩地证明，这个思想路线的确定，是颇费周折的。

我漫步枣园，探寻当年的红色印记。但见红墙内外，古木参天，绿草如茵，枣树繁多。当年，谁能料到，这块两山峡谷中的不毛之地，却是中共中央的指挥机关。墙内几幢低矮的土坯小平房，则设有书记处、机要局、作战室、会议室、警卫室等。由此可见，早年党的生存环境、斗争和生活条件是何等的艰苦卓绝。然而，信仰和精神力量却无比强大。也正是在这样恶劣的情势下，才千锤百炼了毛泽东、朱德、周恩来等革命家、军事家、文学家、外交家，才开创了革命历史上改天换地的新纪元，才以超强卓越的大智大勇，谱写了一篇篇载入史册的绚丽华章！

稍懂一点历史的人都不会忘记，革命的征程是充满坎坷和荆棘的，也是漫长而遥远的。大革命失利后，部队被迫转移。毛泽东在江西组织发动秋收起义成功后，为保存实力，便把部队拉上了井冈山。经过江西永新县三湾改编，把党支部建在连队，从此，实现了党指挥枪。在革命处于低潮时，红军又被迫进行二万五千里长征。当时部队从江西瑞金出发时 10 万余人，抵达陕北延安时已不到 3 万人。由此可见，革命道路之艰辛，代价之惨重。其奋斗目标，就是为了打出一个红彤彤的新中国，让苦难深重的中国人民，翻身当国家的主人。也就是说，如果革命者没有坚定的信仰，没有"为有牺牲多壮志，敢教日月换新天"的雄才大略、豪迈气势，和大量的革命实践，是不可能做到的。

曾记否，长征途中，红军除要战胜敌人的围追堵截，克服爬雪山过草地走泥丸的重重自然界艰难险阻外，还要经受党内斗争的严峻考验，还要一次次挫败敌特和叛徒的颠覆活动。由于受右倾和"左倾"主义错误思潮的影响，在党内，毛泽东同志一度受挫，其领导地位受排斥受挤兑，使红军连连失利。一直到中共中央政治局遵义会议的胜利召开。之后，红军才频频告捷，连连打胜仗。后来有史学家评价，毛泽东的最大贡献，他是中华人民共和国的缔造者。

1935 年，部队驻扎延安后，为了厘清理顺红军的思想，从根本上解决部队高级将领思想上的哲学问题，确定党的理论基础。这时候，毛泽东肩负神圣使命，就在延安凤凰山的一个潮湿阴冷的石窑洞，用心血饱蘸着激情，写下了光照千秋的哲学著作《实践论》与《矛盾论》。字里行间运用实践论的观点，运用马克思主义的辩证法，体现了中国化的马克思主义哲学思想。那么，毛泽东为什么要啃课堂上晦涩难懂的"硬骨头"？为什么要写哲学著作呢？当年主要基于两个原因，一是毛泽东迫切地想从根源上清除盲目主义、教条主义、崇洋媚外的错误思想对党的统治；二是提高干部认识事物的辩证能力。这两论，为我党实事求是的思想路线奠定了哲学基础，由此为党的发展壮大、为抗日战争的胜利、为民族独立与人民彻底解放，提供了全新的理论指导。从而，有力地回应了"山沟沟里出不了马克思主义"的理论偏见与嘲讽。这两论，至今光彩夺目，熠熠生辉。

难怪美国记者斯诺记录了毛泽东研究哲学的情形："毛泽东是个认真研究哲学的人，我有一阵子每天晚上都去见他，向他采访共产党的党史。有一次，有位客人带来了几本哲学新书给他，于是毛泽东就要求我改期再谈。他花了三四夜的工夫专心攻读了这几本书，在这期间，他似乎是什么都不管了。他读书的范围不仅限于马克思主义的哲学，而且也读过一些古希腊哲学、斯宾诺莎、康德、歌德、黑格尔、卢梭等人的著作。"

巍巍宝塔，悠悠延河，延安窑洞的灯火，迄今令人记忆犹新。

斯时，我在心里想，红色线路旅游，参观风景名胜古迹，以及风情如画的大好河山，不外乎是放松心情，增长知识，陶冶情操。尤其是游览革命圣地延安，是为了领略当年一代伟人的大气磅礴，是为了铭记革命成功的来之不易，从而倍加珍惜当下幸福而美好的生活。

其实，毛泽东在延安还写下了《论反对日本帝国主义的策略》《中国革命战争的战略问题》，从政治路线、军事路线的高度对土地革命战争时期的历史经验与教训作了深刻分析，剖析了"左倾"教条主义对党的错误指导与思想禁锢。其实早年，毛泽东还写下过不少不朽之作，诸如《星星之火可以燎原》《枪杆子里面出政权》《论持久战》等。这些经典之作，对中国革命最终取得全国的胜利，产生过不可低估的指导作用。

然而，现实生活中，一些生在新中国，长在红旗下的人，有的甚至是专家学者教授，身在福中不知福。崇洋媚外，忘记了自己是泱泱中华的炎黄子孙，忘记了自己身体里流淌着中国母亲的血，忘记了自己是龙的传人。尤其是在新冠疫情非常时期，不但不爱国，反倒献媚美国，成为帮凶，诋毁中国。这些人真是可笑之极，可恨之极，端起碗吃肉，放下筷子骂娘，那还是人吗？！儿嫌母丑，恋从何来？

我在心里想，或许，延安的红色记忆，会唤醒他们的良知，恢复人性本善的一面。

第二天傍晚，我离开市区星程宾馆，在驱车前往延安南泥湾机场途中，目睹街道广场，一群身着表演服装的中老年人，正在音乐的伴奏下，欢快地跳着具有陕北民族特色的腰鼓，其节拍其旋律，呈现了好一派歌舞升平，国泰民安的景象。到南泥湾机场登上返渝的飞机后，仰望满天星斗，我仿佛又听见那首经久不衰，脍炙人口的经典老歌《南泥湾》——

"当年的南泥湾，到处呀是荒山……如今的南泥湾与往年不一般，不一呀般……再不是旧模样，是陕北的好江南……"

长征途中，红军是播种机，是宣传队。革命圣地延安，就是生根发芽，枝叶繁茂，开花结果的沃土。巍巍宝塔山可以作证，滚滚向东流的，永不干涸的延河水可以作证！

最后，愿延安精神，在新时代、新的征程中永放光芒！

后　记

为初心和使命写作

一本书的出版，作者往往在书的结尾处，有一个习惯性的后记，向读者交代这本书的主题或其他，需要补白的内容，意在表达书出炉的全过程。既如此，我也扼要地说几句吧！

我认为，报告文学的写作，除了提供有意味的人物事件外，还要通过作者的深刻思考，给读者以思想的分享。报告文学的取材，应当是多维广阔的，能够反映社会性、历史性的个体小叙事。如具有社会意义的旅行记，能揭示人与人之间真善美和假恶丑的等等，都算报告文学。不仅仅局限在宏大叙事的主题创作。

一个时代有一个时代的工作和生活的主旨。五年前，我结束职业生涯后，随着年龄的增长，文学业余创作的激情，非但没有减弱，反而加足马力，不停地在时光里奔跑。按常理，自己风雨兼程，辛辛苦苦，奋斗了大半辈子。曾经在某铁路企业文联供职时，也出版过三部反映铁路建设的报告文学集，即《动脉之魂》《写在脊梁上的爱》《情系一扇窗》。这些作品，都是我的心曲，都是我从内心世界流淌出，能与铁路人心弦产生共鸣的歌谣。按常理，如今退休轻松下来，应该好好享受美好生活。然而，我又不想丢下酷爱多年的笔耕爱好，一天不思考、不琢磨、不看书写作，就觉得浑身上下不自在。触景生情，灵感常常跑来敲门，因此，我不得不视文学创作为一种快乐生活的方式。

当然，有人光荣退休后，喜欢垂钓，喜欢游泳，喜欢跟驴友去登山，喜欢经常邀约老同事老朋友到街上茶馆品茗聊天，或搞棋牌娱乐活动。我觉得，这也是一种快乐生活，不能强调生活的千篇一律。反过来，我喜欢写作，别人也无法干涉。有时老伴心疼地唠叨："老头子，你每天除了晨练，就是捣鼓文字，或深入基层采风，难道就再没有一点别的追求？"有时，我儿子也劝慰说："老爸，现今您膝下儿孙满堂，算是一生功德圆满，何必继续操劳，您就跟老妈一块，多游山玩水，多享享清福吧！当然，我不反对您写作的爱好，只是提醒，要劳逸结合罢了。要知道，养身，注重身体健康，才是第一位的。"

听了这些话后，我确实对不起老伴。我和她几十年风雨同舟，相濡以沫，苦乐相随，为了我的创作，她几乎包揽了所有家务，实在是太辛苦，付出得太多。她是最了解我的，除了写作这点爱好，我笨手笨脚的，还会干点什么呢？而今，偶尔协助她和儿子儿媳，逗逗孙子孙女，尽享天伦之乐外，我的的确确不会别的。就拿这本即将出版的《新时代，我们踔厉前行》报告文学集来说吧，这是我花了整整五年时间的心血之作，且是从我在新华网、中国新闻网、重庆作家网、华龙网、《重庆日报》、《重庆晚报》、《重庆散文》、《重庆纪实》、《四川经济报》等报刊网络发表的 60 余篇作品中筛选出来的。这些作品中，有歌颂扶贫攻坚、乡村振兴的；有歌颂祖国西部，恢宏铁路建设的；有歌颂科技兴国，医学创新的；有歌颂赤子海归，自主创业，踔厉奋斗的劳动者；还有歌颂人间真爱，摒弃世俗等内容。目的是让更多的人们，知道他们迈着铿锵的步伐，勇毅前行的足迹。

为了初心和使命写作，是我一生的执着追求，也可以说，我是在用生命写作。其根本目的是为正直而善良的人们，提供一束光，照亮前行的路。

老实说，结集出版这本书，不仅仅是为了让读者分享我写作的快乐，而是想通过大家的阅读，去感知新时代新征程中，典型人物不负春光，不辱使命，砥砺前行，忘我奋斗的精神，以此凝心聚力，为美好的时代添砖加瓦。

这本书之所以能顺利出版，我要首先感谢原重庆出版集团重点图书编辑室主任周显军先生。还要感谢重庆双安文化传播有限公司总经理陈勇，文学编辑谢孝霖。如果没有他们的鼎力相助和精心、细心地审稿，就不可能出书。值此，一并答谢！

好啦，言不尽意，就此搁笔，谢谢各位看客！

作者

2023 年 7 月 26 日